HISTÓRIAS DO RIO NEGRO

HISTÓRIAS DO RIO NEGRO

Vera do Val

wmf **martinsfontes**

SÃO PAULO 2007

Copyright © 2007, Livraria Martins Fontes Editora Ltda.,
São Paulo, para a presente edição.

1ª edição 2007

Acompanhamento editorial
Helena Guimarães Bittencourt
Revisões gráficas
*Luzia Aparecida dos Santos
Solange Martins
Dinarte Zorzanelli da Silva*
Produção gráfica
Geraldo Alves
Paginação/Fotolitos
Studio 3 Desenvolvimento Editorial

Dados Internacionais de Catalogação na Publicação (CIP)
(Câmara Brasileira do Livro, SP, Brasil)

Val, Vera do
 Histórias do Rio Negro / Vera do Val. – São Paulo : WMF Martins Fontes, 2007.

 ISBN 978-85-60156-43-6

 1. Contos brasileiros 2. Rio Negro (Amazônia) I. Título.

07-3588   CDD-869.93

Índices para catálogo sistemático:
1. Contos : Literatura brasileira   869.93

Todos os direitos desta edição reservados à
Livraria Martins Fontes Editora Ltda.
*Rua Conselheiro Ramalho, 330 01325-000 São Paulo SP Brasil
Tel. (11) 3241.3677 Fax (11) 3101.1042
e-mail: info@martinsfontes.com.br http://www.wmfmartinsfontes.com.br*

Este livro é dedicado a Aluízio Alves Filho, meu incentivador incansável, a Alessandro Parenti e aos meus filhos, Cristiana, Matheus e Paulo.

Introdução
RIO NEGRO

Quem viu o Negro na vida nunca mais se encantará com outro rio. A imensidão de águas escuras, a magia que ele espalha à sua volta, seu enigma e o esplendor dos seus ocasos são coisas que impregnam a alma da gente. Tudo é o rio: seus infindáveis igarapés, as praias de areias muito brancas, o brilho de lantejoula negra e coruscante ao sol, seu humor, um dia vem outro vai, um dia sobe outro desce. É a gênese da Manaus e da vida.

O Negro é sensual, insinuante, muito masculino. É um rio macho. Chega e se apossa da nossa paixão sem pedir licença. O caminhar inexorável das águas escuras e densas escorrega pela nossa vida; o esplendor dos igapós, terra de duendes aquáticos e mistérios submersos, árvores fazendo rendas e insondáveis grutas sombreadas. É uma teia de águas, um emaranhado de rios, igarapés e fontes, uma imensidão cheia de segredos e de histórias. O Negro entranha na pele, cavalga nossos sonhos. Como um enorme risco a carvão ele emprenha a floresta e desse fecundar nascem árvores imensas, coqueiros e sagüis. Nasce a pupunha e o açaí, a gameleira e o oiti, a samaúma gigantesca e o camu-camu com suas frutinhas vermelhas, o apuí, as castanheiras, o cipó do guaraná, as orquídeas deslumbrantes e as bromélias enrubescidas. Também o tucumã com seus espinhos, o urucum, fruto partido pingando sangue, e a seringueira que chora lágrimas de borracha. Nasce a floresta esmeraldina, o tamanduá, a onça pintada, o índio.

O Negro é isso tudo e mais ainda. É pai e mãe de botos e iaras e de curuminhas perdidas; tem a todos aninhados nas suas funduras cheias de lendas fantásticas, de pescadores enlouquecidos, de cobra-d'água e de lua cheia. É pai do peixe-boi, do aracu riscado e de quatro pintas, dos acarás, dos matrinxãs, dos jundiás, o preto e o amarelo, dos araripirás coloridos e rápidos, do pirarucu sobranceiro e orgulhoso da sua supremacia no reino das águas escuras.

Nas noites o Negro é regaço de namorados, nas praias enluaradas e areias macias. Suas águas sussurrantes recolhem suspiros, aconchegam carinhos e murmuram gemidos de amor. Aos domingos se veste de festa e paciência; as lanchas e barcos rasgam sua calmaria, a algazarra das crianças, os cuidados das mães, o colorido das bandeirolas, a toalha xadrez e os piqueniques feitos nas suas margens. O rio parece se irritar um pouco com o som estridente dos toca-fitas, fazer um muxoxo de desdém aos exibicionistas, mas, sobretudo, estende-se majestosamente ao sol. Ao fim do dia é o seu esplendor áureo. O entardecer do Negro tem todas as cores e nuances imagináveis. É a hora em que o rio conversa com Deus. Então nesse diálogo de suprema e efêmera beleza ele se supera. Ruge esplendoroso nos vermelhos, geme nos amarelos, chora nos azuis, para acabar se acalmando, langoroso, na doçura dos rosados e lilases. E quando a noite chega, escurecendo tudo, eles se juntam. Rio e noite, noite e rio, não se sabe onde é o céu e onde é a água, onde começa o sonho e acaba o mundo.

Rosalva

Rosalva surgiu na vila, pouco abaixo da nascente do rio, ainda não tinha sete anos. Veio no tempo das águas, com jeito de caça acuada; apareceu do nada na porta do casebre de Inana numa tarde em que a velha escaldava em febre. A aparição foi obra da mãe de Deus, como Inana diria, mais tarde, contando a história.

A primeira coisa que impressionou a velha foi o perfume. A menina exalava um cheiro de flor, um perfume delicado que ia desenrolando no ar, tomando conta de tudo, entrando pelas frestas da maloca; parecia que um anjo estava passando por perto. Tinha olhos enormes e escuros, corpo mirrado e cabelos escorridos, meio esverdeados. Logo serviu de pau-mandado, pegando as ervas curadoras guardadas no baú, preparando o chá e cuidando da velha. Depois se descobriu que melhor do que as ervas era aquele cheiro. Quando ela chegava perto, a coisa era milagrosa. Envolvia de mansinho as pessoas e toda a dor ia se desvanecendo, a doença saindo em disparada e a calma brilhava no olho antes cheio de agonia.

De onde ela veio nunca se soube, e a menina também não lembrava, mas isso não era questão que preocupasse aquela gente. A vida na vila era de surpresa e pouca pergunta, o povo se acostumara com o ir e vir dos viventes, o rio trazia e levava, alimentava e matava quando queria. Velho Nabor, mascate de passagem, disse que ela cheirava a rosas, e lhe deu o nome da flor que ninguém ali nunca tinha visto.

Rosalva foi crescendo nas artes, foi aprendendo com a velha o uso das ervas e as lides do dia, mas sempre meio casmurra, não dada a brincadeiras. O corpo espichando, tomando carnes e formas, dando para a curuminha, macambúzia e de riso difícil, um contorno mais suave e doce que destoava da cara amarrada e do olhar de bicho escondido. O cheiro e sua cura traziam gente de longe para aquelas terras esquecidas de Deus, onde a dor e o conformar eram o pão cotidiano. Ela atendia a todos com uma paciência infinita; não havia aflito que não deixasse ali sua mazela e saísse a bendizê-la e a louvá-la.

Todo começo de noite a menina ia para o rio se afrescar nas margens. Quando o lusco-fusco embaralhava as coisas, ela se aproveitava dessa hora silenciosa que a escondia do mundo. Levantava a saia e entrava no rio, devagarinho e de olhos fechados, se deleitando quando a água morna lhe lambia as partes, carícia doce dos dedos d'água, e ali se perdia, no vai-e-vem do Negro. Era quando seus cabelos se tornavam mais verdes e o perfume mais forte. Ela arengava baixinho um pequeno gemido e o rio, sinuoso, ia lhe respondendo. Nisso ficavam os dois embebidos um bom tempo até as estrelas espiarem e o céu se confundir com as águas.

Quando estava lá pelos seus vinte anos, ainda não conhecia homem. O rio era o amante fiel, e estava sempre ali esperando. Respondia-lhe o desejo e não lhe cobrava presente.

Por esse tempo apareceu na vila um latagão que tinha por nome Gerôncio; vinha de Bem Querer, um sítio metido lá pelo confim do mato, perdido no verde e na história das gentes. Rosalva sentiu os olhos dele como nunca antes havia sentido olhar de vivente algum, e Gerôncio estremeceu com a donzela. Mexeu nos seus brios aquela moça de olhos baixos e perfume de mistério que todos diziam meio lesa, amasiada com o rio, que curava as pessoas e entendia de ervas como ninguém.

Nessa época Inana morreu, picada de caranguejeira, cujo veneno nem as ervas nem as rezas nem os esforços de Rosalva e seu perfume milagreiro deram conta de vencer. A moça ficou desguaritada, e Gerôncio foi rodeando. Conversa vai, conversa vem, acabou por levá-la desprevenida para a rede e da donzelice só restou a saudade. Depois da noite de amor ele quedou seduzido pela macieza dela, pelo murmúrio tal qual o marulhar das águas e resolveu levá-la consigo de volta para o Bem Querer. Juntaram depressa os trens, que eram poucos e parcos, e lá se foram os dois para o meio do mato. Ela à procura do paraíso, que tinha gostado de homem; ele na volta ao seu lugar, agora carregando mulher.

Hora de botar juízo e tocar a vida.

Todos contaram depois que, quando da partida de Rosalva, o Negro turvou, torvelinhou e rugiu o dia todo, a peixarada sumiu assustada e até pescador muito macho se recolheu precavido.

Casinha pintada de branco, umas criações no terreiro, a vida correndo bonita, mas Rosalva, com o passar do tempo, começou a mostrar uma tristeza danada, um fastio de dar pena. Sentia falta do rio, do ciciar dele no corpo, dedos que Gerôncio não tinha tão leves e afoitos. Começou a estiolar devagarinho, o cheiro sumira, os cabelos perderam o verde; ela bem que se esforçava, mas vivia pelos cantos, com olho de peixe morto. Filho, Deus não mandava, e por mais que pelejassem era debalde. Parecia que ela tinha as entranhas secas. A bem da verdade o marido até plantava as sementes, diária e vigorosamente, mas a coisa não germinava.

Lá se passaram uns cinco anos; ela dada a mais murchar a cada dia, ele dado a mais viajar pelas vilas, procurando o campo fértil que a vida tinha lhe negado. Uma bela manhã ele voltou mais soturno e, quando ela se apercebeu, já estava arrumando o alforje, botando dentro todos seus trastes e dizendo que o tempo dos dois tinha acabado; ele se ia pra outras matas, e ela, se quisesse, ficasse, se não, que voltasse para a vila, para o rio e para suas rezas. Ele estava cansado, era homem de verdade, não queria disputar com Boto, ela que se arrumasse.

Rosalva sentiu que a hora era chegada. Sem um pio, tomou o rumo da vila e chegou lá como quando era menina, só com a roupa do corpo, mas com a saudade no peito.

Ressabiada, foi logo para a margem do Rio, e foi ela se aproximar, sem aviso, o cheiro voltou fragrante, o Negro rodopiou forte atraindo as pessoas, que vieram todas se postar na beira para ver aquilo. Ela se alumiou como um sol, o rio coruscava, águas cantando boas-vindas, ela murmurando baixinho, uma algaravia estranha, conversa de Iara e de peixe. Todos viram, estatelados, os cabelos dela cintilarem verdes, enquanto ia entrando rio adentro, um fogo nos olhos, um gemido no peito, se deixando levar pelo negrume sedoso das águas, o rio rindo com ela, a malinando toda, até que, de olhos fechados e um sorriso na boca, ela desapareceu no escuro das funduras e da noite que vinha chegando.

Das Dores

A mulher desceu o barranco bonita como uma aparição. Orgulhosa, na sua beleza mestiça, trazia nos olhos girassóis, nas ancas o balanço do rio, no andar a suavidade dos peixes. Sem ao menos olhar de lado, prendeu a saia na cintura e fincou as pernas fortes na ribeirinha, desmanchando a trouxa que trazia na cabeça. No bar defronte as línguas se calaram, os olhos rebrilharam, as mãos suadas se esqueceram nos copos. Todos mudos, embevecidos, a ver a Saúva lavando a roupa do seu homem.

O nome, Saúva, nascera já na zona, devia à bunda grande; deixara de ser Das Dores, nome de filha de Deus e virara Saúva, nome de filha da puta. Muitas histórias corriam a respeito dela. Diziam que vinha da mata fechada, para além do Urubupitanga, filha de seringueiro perdido e índia cinta-larga. Da mãe, herdara o segredo das ervas, o andar macio de jaguatirica no cio, os cabelos de juriti. Do pai, a coragem nômade e o sangue esquentado. Diziam também que era um vulcão. Qualquer um que deitasse com a Saúva tinha que ir preparado, a mulher fazia pelo gosto, o sujeito saía babado e de olhos perdidos.

Era uma puta séria, não dada a gracejos fora de hora. O homem podia ir para a cama com ela, uivar a noite inteira, dia seguinte encontrar a mulher na rua e a Saúva nem olhar. Sabia se dar ao respeito e respeitar pai de família. Começara a carreira no cabaré de Joana, a Sarará, cafetina de nomeada na boca do rio, e de lá não saíra mais, prata da casa. Tornara-se conhecida e era a mais disputada de todas.

Um dia levou pra sua rede o Chico, aquele que tinha descoberto a lavra, gigante tinhoso e agora enricado. Chico virou cliente assíduo. Dali, para lhe montar casa e comprar uns trens, foi um pulo. Mas a Saúva era matreira, trazia o Chico na ponta dos dedos. Ela ia com ele, mas as tardes eram dela. Chico era um bom homem, lhe fazia os gostos, lhe dava conforto, mas era só. Ela gostava da Sarará, gostava do cheiro da casa e da putaria. Ele que escolhesse.

Chico, temendo o mau gênio dela e a teimosia, achou melhor menos do que nada. Sabia que o gosto por aquela mulher estava entranhado nele e concordou. Aceitou dividir, mas exigia que ela não se dedicasse a um só, que distribuísse os cheiros e os carinhos. *Belle de jour* do barranco, ela topou e ia levando a vida como gostava. Cuidava do seu homem. Pelas manhãs lhe preparava a tapioca a gosto e as noites eram puro deleite. Mas nas tardes calorentas e suadas a Saúva atendia os que tinham mais sorte lá na casa da Sarará. Quando Chico andava pela rua, ninguém ousava olhar duas vezes. Era de poucas falas, cada um sabe onde lhe aperta o couro. O homem era graúdo e rápido na faca, disso todo o mundo tinha notícia. Carregava meia dúzia de riscos no cabo da adaga e para cada risco uma alma que ele tinha despachado para o outro mundo. Da sua mulher não queria ouvir palavra, e ai de quem se metesse a besta. Para ele era Das Dores, Saúva ele não conhecia não. E vivia assim, feliz da vida, estranhando o que não queria e rindo contente da parte que lhe cabia.

A roupa era pouca, e ela era forte. Bater na beira do rio lhe fazia bem. "Boto os bichos pra fora", dizia para a vizinha Alzerinda, que vivia de olho na vida e na cozinha da Saúva. Boa de quitutes, ela tinha aprendido com a mãe índia a fazer uma tartaruga de dar gosto. Alzerinda não perdia uma, era sempre uma boca a mais na mesa farta. Boca na mesa e na vida da Saúva, que falava pouco, mas era um bom ouvido.

Com a roupa torcida no balaio, ela tomou o rumo de casa. A manhã já ia alta e era hora de preparar o peixe, que Chico ia chegar louco de fome e desejo.

Não deu atenção aos olhares que, vindos do bar, lhe queimavam a pele. Estava acostumada. Eles olhavam, mas não piavam. Todos sabiam da faca afiada do Chico e do ciúme dele. Saúva para rir de gracejo, rebolar as ancas e convidar para a rede só na casa da Sarará, quando a tarde começasse a descambar.

Aquele dia, quando já estava perto da praça, percebeu entrando no hotel do Pedrosa um moço claro, com jeito de gringo, cheio de sacolas, que, quando viu a cabocla, toda ela uma deusa, carregando o balaio na cabeça, perdeu o rumo, deixou cair as malas e ficou de olho estatelado. A Saúva riu por dentro, de novo fingiu que não era com ela, passou a mão nos cabelos, coçou o decote, se esmerou no gingado, deu um balanço de ombro e desfilou altaneira, quase roçando o corpo suado naquela loirice estrangeira. De rabo de olho percebeu que o dito-cujo ficou ali, pasmado e tremendo, comendo-a com os olhos até ela desaparecer na curva da esquina.

Dia seguinte ela foi ao mercado e, quando voltava pela mesma praça, lá estava aquele diabo louro, sentado à mesa do restaurante do Turco. Tudo se repetiu. Ele a olhou assombrado, e ela fingiu que não via; e, nesse requebro descuidado, o sol abrasando tudo, o brilho do suor no corpo, foi desfilando devagar, ele engasgando no peixe, ela caprichando no passo, ele arfando no peito, ela se dando ao deleite.

Aquilo se tornou um hábito. A Saúva mandou fazer roupa nova, aumentou um pouco a abertura da saia, desceu o decote, usou as essências de dona Alzerinda, lustrou mais os cabelos e fez do restaurante do Turco sua passagem diária. Gostava de brincar com o desejo boiando no olho azul do gringo, de perceber que ele suava. Um dia escapou um olho-no-olho, outro dia um ligeiro sorriso mais convidativo, mas foi tudo. Nada de intimidade maior, que ela não era disso. Palavra era palavra. De manhã Das Dores, de tarde Saúva.

Naquele dia Chico tinha ido para o garimpo, e ela, na casa da Sarará, espiava pela cortina os fregueses chegando. Preguiça no corpo e moleza na alma, quando viu o gringo entrar com mais dois estrangeiros, sentar em um canto e pedir um Martini seco. Saúva se eriçou toda, chamou a negrinha que anotava os pedidos. – Tá vendo lá, o loiro aguado no canto? O de camisa azul? Esse é meu e não quero enxerida. A garota assentiu, surpresa. Saúva não era desses arroubos e exigências, não gastava tempo com conversa, topava o que vinha e ainda se divertia. Lá pelas tantas a menina foi até a mesa e ofereceu as putas. Cada um abraçou uma e se escafedeu no rumo das redes, mas para o gringo a negrinha segredou que havia um presente especial da casa. Levou o homem, aturdido, pela mão até o quarto principal, que pra gringo não existe rede que preste quando se trata de alegrar o corpo. Deixou o sujeito lá, uma sala alta com uma cama grande e de lençóis muito brancos e frescos, ventilador zumbindo no teto, meia-luz provocada pela cortina estampada e um cheiro de magnólia no ar.

Foi quando a Saúva saiu do canto escuro, os dentes brilhando em um sorriso, os olhos prometendo tudo e foi se aproximando mansinha, tocando os dedos no peito dele, ouvindo o suspirar do homem. Ele tentou falar, surpreso e contente, mas ela o calou com a boca, a língua quente escorregando, as mãos hábeis lhe tirando a roupa. Depois do gozo apressado e forte, ambos mudos, ele se pôs a explorar o corpo dela, procurando os desvãos todos, regando de saliva as coxas, se perdendo naquela morenice que gemia e arqueava, enquanto ele lhe ia comendo aos poucos. Quando ele se fartou de trincar os dentes, ela se inclinou sobre ele e bebeu de sua fonte, devorou o azul dos olhos e se maravilhou com a alvura da pele. Não trocaram uma palavra até ele quase adormecer e ela perceber o sol se pôr. Então se vestiu célere e saiu sem ruído.

Desse dia em diante ela mudou. Não adiantava mais a Sarará vir cheia de dengo, pedindo para receber esse ou aquele ricaço que lhe jogava o ouro no colo e pedia a puta predileta. Saúva só tinha olho para o gringo, e só ele lhe tinha a graça. Ele continuava a babar por ela, desejoso, pelas manhãs, sentado à mesa do Turco, quando ela passava e nem sequer o olhava. Mas pelas tardes, quando se engalanavam no quarto mudo e mormaçado, o mundo todo era pouco para os ais que ela dizia. Sem permitir palavra, um nome que fosse, a Saúva delirava nos dedos dele, calada e perdida, e lhe tapava a voz, fazendo o gringo gemer preso na sua boca. A cada dia ela descobria um caminho novo a percorrer naquela pele clara, tão diferente da sua, e ele se emaranhava mais no dourado-escuro dela, redemoinhava no grito e no gemido de bicho que ela soltava quase esgarçando a tarde em farrapos.

O gringo até esqueceu por que veio dar os costados na terra, esqueceu endereço, nome de pai e de mãe, ia perdendo as carnes e luzindo os olhos. Vivia no agrado dela, sem falar e nem saber como e quem era aquela aparição que lhe inundava o corpo; tentava dizer alguma coisa, mas percebia que se apertasse muito a passarinha lhe fugiria pela janela. Longe disso, ele queria mais, queria se perder, encafuar nela, lhe entrar poros adentro, engolir o corpo e o gemido; e, se ela queria assim, assim seria. Nada de falas, amor mudo, feito de grunhido e gozo, uivar do bicho e lacerar de alma.

O tempo foi passando, o fuxico correndo solto, saindo do puteiro e alcançando as mesas dos botecos. Chico nem sonhava com isso, que ninguém era louco para se arriscar na conversa. Mas ele andava desconfiado da mulher. Ela vivia de cochicho com Alzerinda e nas noites em que os dois se embolavam na rede ela lhe parecia impaciente. As tardes estavam se prolongando, e esse não era o trato. Começou a seguir Das Dores quando ela ia ao mercado e não tardou e observar que o caminho dela mudara. Escondido atrás de um oitizeiro, ele viu quando ela requebrou o passo e o olhar do gringo a comendo toda. Dali para apertar Alzerinda foi um pulo. A vizinha, depois de um titubeio, entregou a história, inclusive o lugar do encontro e o namoro na praça. Esquentado, ele procurou as mulheres da Sarará, que depois de uns agrados completaram o caso. – Saúva não é mais a mesma, está de cliente fixo, não aceita mais convites. Enluxou. Agora a casa treme com a algazarra deles, amor de grito e gemido, que atravessa as portas e faz inveja às mulheres. Chico não tugiu, nem mugiu, sentiu um frio na barriga. Voltou pra casa, afiou a adaga e esperou o dia seguinte.

Na mesa do fundo, escondido na sombra, ele acoitou. Tinha febre no corpo, mas a alma estava gelada. Observou o homem, estava ali, na mesa do canto, como que esperando. Foi aí que viu a Saúva dobrar a esquina e vir chegando de andar dengoso. Rilhou os dentes e deixou que ela se aproximasse bem. Com o rabo de olho viu que o rival começava a suar e tremer. Foi então que Chico, de um bote só, saltou de repente, sem aviso e sem medo e cravou a adaga no peito dele.

Nessa hora o sol parou e derramou vermelho no mundo. A mulher estacou apavorada e viu o homem no chão, virando os olhos, estrebuchando em um chafariz de sangue. Ouviu a gritaria, Chico avançando para cima dela, sendo agarrado, espemeando. Ela correu até o gringo caído, a blusa se ensopando, e lhe acolheu a cabeça.

Foi aí então, entre espasmos e golfadas, que lhe ouviu a voz pela primeira vez.

– Frederico – ele ainda conseguiu dizer, entre todas as dores.
– Das Dores – ela respondeu lhe fechando os olhos.

ALZERINDA

Ela espiou pela janela e viu o céu fechado. A chuva caía, tem dias já, às vezes mansa, às vezes gritadeira, mas caía sem parar, transformando as casinholas vizinhas em fantasmas açoitados e submersos. Tudo se resumia a um ronronar sibilante e doce que ia adormecendo a alma e dando sepultura ao mundo.

Alzerinda sentiu o corpo meio encarangado, a dor do tempo nas juntas. Os ouvidos ainda estavam prenhes dos gritos do Chico, e os olhos molhados com a sofrer da amiga. Desde a hora que o gringo lhe caiu morrendo no regaço que a Saúva não deu mais um pio. Abraçou seu homem, empapou-se com o sangue dele, que borbotava se esparramando, com delicadeza lhe fechou os olhos. E, quando se levantou, parecia que a dor das dores se erguia ao sol, ofuscando tudo, entranhada nos olhos dela. Banhada do vermelho que ainda lhe escorria entre os seios, estava ainda mais bonita e altaneira. A algazarra se calou de pronto. Chico caiu de joelhos, e ela o olhou demorado, de um jeito que não era de raiva nem de vingança; era um jeito dilacerado, olhar de pena, de entender e de se conformar com o fogo da dor e da agonia.

Foi então, bem nessa hora, que a chuva começou a cair sem trégua. Primeiro fininha, lágrima pequena do céu, e depois engrossara como se toda a água do mundo fosse pouca para lavar tanto sangue e aflição.

Dali, levada pelo braço por Alzerinda, a Saúva se meteu em casa e lá ficou pasmada, sem palavras. De nada adiantou a conversa da vizinha, rejeitou consolo e comida, olhando a chuva, sem um sentimento no rosto, só aquele olhar perdido, impassível, como se o gringo tivesse partido levando as duas almas, a dela e a dele.

A amiga via a outra ali, se finando. Com cuidado havia lhe trocado a roupa, que cheirava a sangue e morte. Vestiu-lhe uma bata clara, e ela parecia um fantasma, branca na roupa e na cor da boca, o cabelo ainda emaranhado de dor, o peito mudo sem lamento e sem lágrima. Por uns dias foi aquilo. Aquela coisa que engolia quem chegasse perto, imóvel, só o vazio saltando dos olhos secos, a água toda estava na chuva que descia céu abaixo sem parar.

Alzerinda revirou-se na cama e percebeu que a chuva cessara. O silêncio esgoelava e havia uma luz acesa na casa ao lado. Procurou um chinelo depressa e despencou para lá. Surpresa, viu que a Saúva se levantara da cadeira e arrumava uma trouxa. Ainda pálida e descabelada, mas pelo menos se mexia. Alzerinda tentou lhe arrancar uma palavra, mas ela só lhe deu um mirar comprido, daqueles que falam sem falar, um olhar de adeus, estou indo, e saiu pela porta, abrindo no mundo.

O tempo foi rodando, que esse não perdoa. Chico na cadeia, e Alzerinda a cuidar da casa dele. Foi de mansinho, zelando aqui e ali; limpava, lavava e escovava, depois foi se apropriando de tudo, tirou as ervas daninhas do jardim, cuidava que as plantas florescessem nos conformes, deixava os espelhos lustrados.

Nisso ela foi se ocupando, entrando pela casa, mexendo nos escondidos. Até o dia em que abriu os armários de roupa. Estava tudo lá, Saúva levara pouco. Ali o vestido estampado de festa, os brincos brilhantes de contas, a sandália de salto fino, que Chico nunca fora sovina quando se tratava da mulher dele. Era um mundaréu de belezas, cetim e miçangas, de corrente de ouro e pedaços de fita. Bem ao lado, tudo pendurado, alinhadinho como se a vida ainda corresse pareada e o sangue não tivesse lambuzado o mundo, estavam as coisas do homem. Alzerinda estacou fascinada, bebendo a vida alheia com os olhos, e desse dia em diante ela deixava a porta do armário aberta e se sentava na cama a contemplar.

Uma tarde encalorada, fechou toda a casa. Trancou portas e janelas, cuidou que o mundo ficasse lá fora e foi se achegando ao quarto. Tocou os vestidos, um a um. Com os olhos esgazeados, muito devagar, foi ficando nua, o corpo estorricado, os seios murchos, as pernas finas e desarvoradas. Então, com muito cuidado, tomou o vestido do armário e aquela cor toda tremeluziu no escuro. Alzerinda começou a rezar uns murmúrios, a se envolver nele, o tecido frio lhe refrescando a febre e quando se viu estava vestida. Perfumou-se de Dama-da-Noite, lambuzou o rosto com o carmim e olhou-se no espelho, imitando o andar no salto alto, o riso da outra, suas caras e bocas. Triste e malfeito espantalho, em que o vestido, antes cheio e orgulhoso, despencava agora pelos ombros secos e o carmim era como mancha doentia no amarelado da pele.

Varou semanas assim. Ali se enfiava e, na sombra fresca do quarto, transfigurava-se. Punha-se a andar pela casa, não era mais ela, era a Saúva, sentia-se linda, o corpo magro febricitava. Um dia voltou-se para as roupas do Chico. Afagou o peito da camisa, foi alisando com dedos gulosos as pernas das calças. Dedilhou devagarinho cada pedacinho delas. Passou a língua, lambeu e farejou. Foi quando sentiu, arfante, o cheiro do macho ainda entranhado na roupa.

Dali para frente ela sumia pelas tardes. Debalde procurá-la. Na magia do quarto fechado, no lusco-fusco do sonho e da febre, ela se transformava em Saúva. Crescia em tamanho e em beleza, se perfumava toda. Reluzia! Encheu a roupa do Chico com as almofadas da sala, criou um homem de panos e com ele se espalhava pela cama enorme. Abraçava aquele simulacro, nele se esfregava e gemia. E tanto ela sonhou que passou a ver o macho ali, lhe sorrindo, recheado de penas, forte e em riste. E se esvaía toda.

Visitava o Chico de vez em quando. Levava-lhe quitutes, roupa limpa, essas coisas de mulher, e ele foi aceitando os mimos sem perguntas. Ela contava do zelo com a casa, ele não tugia nem mugia. Ouvia alheado o desfiar de um assunto depois do outro; da Saúva ele nunca perguntou e ela também nunca falou.

E assim, nesse vai do andor, uns dez anos se passaram, e Alzerinda foi levando a vida com a fantasia do quarto trancado. Às vezes se perdia e não sabia mais se era Saúva ou Alzerinda. O cabelo de Chico branqueou um pouco até que chegou a hora de ele ganhar liberdade por bom comportamento, se bem que aquela pasmaceira dele nem bom comportamento era.

Enfim, ele devia voltar.

Alzerinda engalanou tudo, fez o peixe perfumado de coentro, cerrou as cortinas azuis e quando estava quase na horinha se vestiu da outra e espalhou ervas pela sala. Quando ele apareceu na porta, só suspirou meio cego pelo lusco-fusco; ela não falou um ai, viu o homem recortado na luz, e foi servindo à mesa o matrinxã assado, pudim de cupuaçu para adoçar a boca, suco de graviola para matar a sede. Chico mirou aquela mulher meio sem ver e se deixou levar sem estranheza. De vez em quando grunhia um sim ou um não, e ela palrava sem parar, perguntando e respondendo a si própria porque afinal não se podia ter tudo nesta vida.

Essa conversa de um sozinho carregou pelo dia inteiro até a hora em que ela, caprichando mais nos cuidados, ele já menos arisco, afofou a cama e o levou pela mão até os lençóis cheirosos.
Chico se deixou ir sem chiar, foi entrando no sonho devagarinho, e, quando ela, no escuro, o cavalgou sôfrega, ele começou a chorar, clamou por Das Dores e jorrou em Alzerinda.

O resto da vida se passou assim, ele perdido no tempo, ela no gozo da sobra.

GISELLE

    Janete era o que se pode chamar de mulher farta. Não que vivesse no bem-bom, coitada, nem sabia que isso existia; é que era uma mulher cheia de carnes, tudo no lugar certo, nada de miséria, isso não era com ela. Tinha grandes peitos e lauta bunda, olhos escuros e uma cabeleira vigorosa e encaracolada. Nem alta nem baixa, a pele acobreada, a boca firme e bem plantada, os gestos largos e esfuziantes. Sua risada não se esquecia. Era como um espalhar de passarinho, um cantar de bem-te-vis, arredando a tristeza e empurrando a dor da vida de um sopapo. Quando espoucava, o sujeito que ouvisse acabava por rir também. Contagiava.
    Toda ela era assim. Um manancial.

Nascida na beira do rio, viera pra cidade ainda curuminha. A mãe, dona Orozimba, parteira de mão cheia, arrumara um marido dentre os melanudos que aportaram na vila ainda quando da construção da escola. Arrumara-se. Na capital também se paria, e parteira era um trabalho que não tinha tempo de seca nem conversa fiada. Botou na barriga tem que nascer. E lá ia ela, com sua sacola de ervas e seu aparato, e criança que titubeasse pra vir ao mundo a velha, depressinha, num zás-trás, arrancava na hora. Por bem ou por mal. Diziam que elas choravam era de medo da cara da parteira.

Um tempo depois que chegaram à cidade dona Orozimba botou a filha em casa de família. – Não tem lugar melhor pra tu aprender as coisas. Fica de olho, filha, espreita e escuta. E com essa recomendação a menina se meteu nos conformes e afundou-se no aprendizado. Até tentou, coitadinha, mas vivia no mundo da lua. Não havia patroa que agüentasse. Quando se pensava que ela estava aqui no arear das panelas, ela já estava no portão arengando com o menino da venda. E a risada lá, se espalhando e invadindo as orelhas da patroa casmurrenta, não dada a esses desfrutes. Em parte por inveja, em parte por assanhamento mesmo, ela sempre acabava despedida.

Quando estava pelos seus treze anos, conheceu homem. Foi seu Anésio, o do bar da esquina quem abusou da menina. E ela gostou. Em troca de um guaraná gelado, meia dúzia de balas de goma, ele fazia a festa. Quando o tempo foi passando e ela se aperfeiçoando na aprendizagem, começou então a entender o seu poder. Era ambiciosa. Viu que no meio das pernas estava o seu futuro. E o futuro para Janete era um guarda-roupa bem posto, sandálias de plataforma, umas quinquilharias, uns perfumes e uma televisão. Mas ela não queria uma televisãozinha qualquer não. Queria das grandonas, daquelas que parecem cinema, como a que tinha visto na casa da última patroa.

Dona Orozimba, que não era boba nem nada, percebeu que devia se mexer para também ter sua parte nesse futuro. De bens no mundo ela só tinha a filha, e pelo que estava vendo era um bem que podia lhe render bons frutos.

Chamou Janete, sondou a moça e resolveu apostar nela. A guria, que já andava esperta, viu o rosto da mãe luzindo e entendeu depressa a cartilha toda. A primeira providência foi ir fazer uma novena para o santo dos impossíveis. Janete se emperiquitou e abriu para a igreja. Levou vela, livro de reza e mantilha na cabeça. Na dúvida, também levou uma farofa bem temperada na bolsa, vai que o santo é disso, nunca se sabe. Rezou, implorou, fez bico, estonteou o santo. Até chantagem ela fez; ou ele se decidisse ou ia passar uns tempos de cabeça pra baixo.

Em seguida trataram de ir fazer uns cuidados no Duda, cabeleireiro da rua, que fez fiado, afinal investimento é investimento. Janete agradou o baitola, prometeu mundos e fundos. Tanto fez que ele resolveu ajudar: banho de óleo, manicura, pedicura, um capricho nos cabelos, uma descoloradinha aqui, uma mecha vermelha ali, e ela estava pronta. – Uma deusaaaa ..... Com seus salamaleques de praxe ele ainda emprestou uns cobres para a compra de umas roupas novas, ensinou a puxar o decote, o perfume atrás da orelha e a virar os olhos na hora certa. Fez mais. Fez o mais importante: rebatizou Janete de Giselle. – ... Ora se Janete é nome de gente bem... Claro que não. Tu precisas é de nome fino, sofisticado. Com dois eles... – dizia ele fazendo bico. – ...Gi sélllle...

Os outros truques Janete ia aprendendo na vida, aqui e ali, que a carne, afinal, é fraca, e ela boa experimentadora. Aprendeu a coisa de trás e de frente, de bruços e só na cantoria. Virou perita. Quando dona Orozimba viu que a filha já estava perfeita, foi só um pouco de rímel na pestana e mais um requebro nas ancas, e pronto. Era só escolher a mira. – Fica esperta Giselle, o tiro tem que ser certeiro... Nada de desperdiçar água em cano furado.

Por esse tempo dona Orozimba tinha feito o parto da moça que trabalhava como recepcionista no consultório do dentista da praça. Homem tristonho e de pouca conversa, atrás de uns óculos grossos, cinqüentão, meio careca. A moça deu a ficha, disse que era casado com uma megera lá pelo centro da cidade, costumava trabalhar até tarde... – Não gosta muito de ir pra casa não, dona Oró... Parece que a bruxa é dessas de azucrinar... Doutor Raimundo é um santo...

Dona Orozimba fincou os olhos no doutor. Fincou e gostou. Era ele. Rápida, se especializou na vida do homem. Depois de uns dias sabia tudo, os gostos e os desgostos, as vontades e as desvontades. Tinha até bem anotado lá nos seus guardados os valores das economias dele no Banco do Brasil. Enquanto Janete ia fazendo pós-graduação nas suas especialidades, a mãe ia organizando o cerco e traçando os planos de guerra.

Giselle, agora só respondia se chamada assim, começou a freqüentar o consultório ao fim do dia. Com a desculpa de amiga da recepcionista, ela se metia nos trinques e ficava na tocaia. Era um tal de rir e remexer as ancas que não acabava mais. O decote então nem se fala. Quando ele aparecia na sala, ela dava um jeito de se inclinar e o coração do Doutor quase saía pela boca. Ele ficava abestado, sem ar, e ela meneava o corpo. A parolagem começou a desenrolar, entrava e saía dia, Doutor Raimundo perdendo a pressa, e Giselle malinando o velho. Quando a funcionária precisou sair mais cedo, a moça resolveu que era hora do independência ou morte. Tascou o vestido mais bonito, uns brincos balançantes, lambuzou-se de perfume e foi à luta. O pobre não teve chance de escapar. Ela foi chegando mansinha, cara de menina safada, o velho perdendo a fala, acuado, ela achando os predicados dele e, quando se viu, o tapete da saleta estava uma barafunda. Era roupa voando e gemido afogando para todo lado.

Depois disso ele viciou. Pobre do paciente que chegasse à tardinha. Perigava de ele, em vez tratar do canal, cortar a língua do infeliz, tão aflito ficava. Giselle não se fazia de rogada. Ensinou coisa para o doutor que até Deus duvida, mirabolices do arco-da-velha. O homem já tinha até perdido aquela cara de tristeza, deu uma renovada, ficou mais empertigado, mais falante, até metido a chistes ele andava.

Quando viu que o peixe estava preso no anzol, foi a vez de dona Oró entrar em cena. Uma noite o velho sai do consultório já animado, achando que ia encontrar sua deusa, e depara com dona Oró na sala de espera. Ela vestia uma roupa preta de viúva, gola fechada no pescoço, cara séria, cenho franzido... – Isso não está certo, minha menina é moça de bem... A rua toda está falando, o senhor que tome tenência... Vou mandar Giselle para a família no interior, isso não pode ficar assim... Doutor Raimundo sentiu um frio na espinha, que sem Giselle ele não ficava mais, ela lhe estava entranhada na carne, corria no sangue dele. Vai que a velha despachasse a menina, metesse a pobre no cafundó-do-judas, quem lhe faria as vontades? Meio tatibitate ele foi se deixando levar, dona Oró botando os pingos nos is, ele respirando fundo, e, quando se viu, o velho estava se compromissando, já estava arrumando casa bem ali no fim da rua, com varanda e tudo.

A festa foi grande quando chegou a TV. Três homens para carregar a bruta, toalhinha de crochê em cima e vaso de rosas de seda vermelha.

Vida de santo

Dona Dorvalice era valente, subia a escadaria da igreja sem dar um ai. Tinha fôlego, a danada. Mal passada dos quarenta, parecia muito mais. Causticada pelo sol, fios brancos raiando os cabelos, mas uma figura lépida e esguia. Quando entrou na nave escura, respirou fundo. Era um alívio o frescor, o cheiro das velas, e o sorriso do santo lá no altar do fundo, meio escondido, como todos os santos que cuidam dos impossíveis. Foi logo ajoelhando e começando a cantilena...
– Ai santinho, dói as junta, dói o coração, dói a dor de ter o corpo passando da hora, dói Raimundo, que escafedeu, tem tempo, com aquela quenga... Não sou mais eu, me perdi pelos cantos, cai o peito, cai a bun-

da, cai a vida no buraco do não sei. O tempo comendo pelas beiradas, hoje engole Raimundo, amanhã mastiga o mundo da gente.

    Ela geme e lamenta, e o santo vira os olhos. Conhece aquela conversa, que não se engane o ouvido, a mulher é matreira, faz primeiro o chororô, sabida, quer comover. Ele, que vem escutando a chorumela tem tempo, acabou ficando esperto, sabe que ela bem que gosta, não seja por bunda caída ou peito descambado que não deita em rede, porque na hora de a onça beber água cada panela sempre encontra sua tampa. Dorvalice percebe que não está convencendo, aumenta o lamento, capricha na lágrima, vai que essa vida está ficando difícil, nem santo mais está conseguindo interessar. Pede e resmunga, quer milagre, ele que dê um jeito em Raimundo... – Espinhela caída, qualquer coisa, que ele volte pra casa e tome tino, deixe de correr para rabo-de-saia, que eu não tou mais para essas coisas, a vida vai a trote e atropela quem fica pasmado.

    O santo, cansado do trelelê, já põe os olhos no céu, cara de beatitude, Raimundo é esperto, se mandou em tempo, sina pior é a dele, que tem que escutar a lengalenga e ainda fazer cara de compungido, mas para isso que é santo e está ali, naquela igreja solitária e malcuidada, para escutar velhas como essa, que se descabelam por nada, cada coisa tem seu tempo, e tudo que é bom dura pouco.

A mulher descorçoou, viu que não estava agradando, com um arremate final choraminga um Creio em Deus Padre, toma o rumo do pote de água benta, lambuza os dedos, se persigna toda, saindo porta afora, tomando o rumo de casa. O santo dá um suspiro de alívio, uma alisada na batina, passa o lenço na testa e se põe de novo, todo composto e aprumado como um santo milagreiro deve ser. Desta vez se safou, até que hoje ela desistiu logo.

Está ele no altar, quase cochilando, quando sente o perfume e, estatelado, vê a rapariga ajoelhada. Metida em um vestido com metade do seu tamanho, sobrando peitos e bundas para todo lado, equilibrando-se nas plataformas das sandálias altíssimas, um perfume de atrair Satanás, lá está Janete, agora de nome Giselle, com a boca vermelha murmurando preces. – Santinho... – e ela pisca os olhos cheios de pestanas – Santinho... Não está me reconhecendo? Sou a Janete lembra? A que veio pedir pra melhorar de vida... Agora vim agradecer. Tu deu um jeito na velha do Raimundo, ele tá comendo na minha mesa... Montou casa, comprou uns trem... Até a TV, santinho, uma beleza. Acertou minha vida. Trouxe um maço de vela pra alumiar você, sou pobre mas agradecida.

O santo coloca um sorriso no rosto, tem um estremeção com aquele mundo de mulher ali, ajoelhada. Não foi nada, é só a missão de milagreiro, cumpri meu dever, que santo é para essas coisas, faz pose de tímido, lança um olhar de esguelha. Não sabe bem o que fazer, e, quando a quenga se abaixa um pouco para acender as velas, ele arregala o olho, tem um tremelique e quase lhe despenca dentro do decote.

Vida de santo é assim, uma na sola, outra no parafuso.

DORVALICE

A mulher chegou da rua esbaforida, alagada de suor, que o calor era de fritar miolos. Deu uma passadinha na cozinha; água fresca do pote, a sala estava agradável, hora do claro-escuro quando o sol começa a descambar e o mundo a refrescar-se. Estatelou-se no sofá de curvim amarelo, comprado à prestação, orgulho da casa, e muito bem conservado graças à manta de crochê que o cobria todo.

Dorvalice era já bem entrada nos quarenta; trazia sempre o cabelo amarrado em um coque que lhe despencava da nuca; magra como um cabide vestido, a pele curtida e seca de sol, tinha aquela cor que a gente nunca sabe qual é, cor de burro quando foge, meio cinzenta, sem brilho. Um sorriso sempre fincado na cara, o olho matreiro e rápido não perdia nem vôo de mosquito; era toda ela uma desvalecença que chegava a doer. Mas, naquele desacerto todo, naquela feiúra que não se resolvia, o que chamava mesmo a atenção eram as mãos. Ágeis, pequenas e delicadas. Quem olhava, pensava logo que ali tinha alguma coisa errada. Aquelas mãos não podiam ser de Dorvalice, não combinavam com ela. Eram mãos de fada.

A mulher vivia crochetando sem parar, as tais mãos esvoaçando, ponto alto, ponto baixo, ponto segredo, e seja lá mais o que for, aqui e ali, toalhinhas rendadas para o aparador, a mesinha de centro; a colcha da cama estava coalhada de retalhinhos, verdes, vermelhos e azuis, todos feitos com capricho durante as visitas à vizinhança. Um marido traído na casa da loura Violeta, uma mulher enganada na casa de dona Dodó. Lá ia ela, enredeira e espaventada, de crochê em punho, as lindas mãos criando asas, clep-clep; aqui consolava a coitada, chorava junto, se descabelava, ali estimulava a confissão, jurava segredo, de olho brilhando e ouvido atento para a história da traidora, para em seguida visitar aquela outra e levar as notícias. Era incansável.

A cada velório ela se aprumava, que se existe um lugar no mundo em que o mexerico corre solto é velório, e ela não perdia um. Mesmo que não conhecesse bem o defunto se ajeitava. Dava-se ares de amiga antiga, abraçava a família com cara de tristeza, enxugava as lágrimas da viúva, meneava a cabeça compungida, o rabo de olho correndo pela platéia para ver se estava agradando. Quando achava a melhor cadeira, abria o crochê e lá ia clep-clep-clep, não enjeitando cafezinho; ficava naquele prosear, coitadinho não merece, um homem tão bom morrer assim de repente, e ia se enredando tanto na história que na hora de sair o defunto era ela a amiga mais íntima e quem mais chorava. Nos casamentos só lastimava que o crochê devesse ficar em casa. Afinal não ficava bem, pareceria desfrute, casamento é coisa chique; mas quando voltava contava as novidades para a agulha e as linhas que iam naquele clep-clep tecendo a teia da vida dela.

Lembrou-se de Raimundo. Nos tempos do casamento, cansado do chiar da agulha, ele se perdia no mundo, até o dia em que foi e não voltou. Dorvalice moveu céus e terras e acabou descobrindo o fujão metido lá pelas bandas do Alagados, amasiado com uma cunhã de corpo bem fornido. Não adiantou ela espernear, ameaçar céus e terra, chorar e esbravejar, fazer cara de vítima, de coitadinha e tudo, que ele não arredou pé. Estava bem atendido, e dali não saía, não havia choro que o comovesse nem promessa que levasse tento. A vida era uma só, e a dele estava decidida. Lá se foi ela, de volta, banida e descorçoada, conversando com a agulha, clep-clep, que pelo menos essa era de confiança e não tinha boca para passar a história para diante.

Naquele dia em que sentou no sofá de curvim amarelo, afogueada, estava chegando da igreja. Tinha ido até lá decidida a apoquentar o santo, encher-lhe os ouvidos de discurso, chorar e lamentar até ele se resolver sair daquela pasmaceira e tratar de dar um jeito na vida dela. Mas voltou desiludida. Viu a cara de tédio, o sorriso meio amarelo e percebeu que daquele mato não saía nada. Nem santo mais estava dando jeito. Queria Raimundo de volta; não que lhe fizesse falta na vida ou na cama, disso já tinha até esquecido. Mas era o orgulho ferido; posse dela era dela e não estava pra andar distribuindo suas coisas assim, sem mais nem menos, para qualquer quenga esperta. E pensando bem ele lhe fazia falta na vida sim, ao menos tinha a quem atazanar, um outro prato à mesa, uma solidão dividida.

Puxou o crochê da sacola, linhas vermelhas e azuis. Tecia uma colcha enorme, encomenda da solteirona Carlinda, que finalmente tinha desempatado, casório de data marcada com um funcionário do porto, dez anos mais novo que ela, desempenado e disposto, de olho no baú da noiva. Foi aumentando a teia; no tempo em que era moça, nunca houve titubeio que o mundo estava ali, todo aberto à sua frente. Tinha brios, ah, isso tinha; graças a Deus, pai e mãe não lhe faltaram. Quando Raimundo apareceu no bairro, era um moço bem posto, e o olho dela cresceu. Sabia bem o que queria, ele era dentista, e isso para ela estava de ótimo tamanho. Nesse tempo era mais cheia de carnes, que juventude esconde feiúra. Jogou o anzol e puxou o peixe. Ele se debateu um pouco, ainda queria estudar mais, tinha desejos de sabedoria, mas Dorvalice desde mocinha já sabia o que queria. Prendeu a linha forte entre as pernas, e ele rendeu-se.

Durante um tempo a coisa foi bem, mas com o correr dos anos o assunto foi acabando. Raimundo achou conversa em outras freguesias, e Dorvalice encontrou companhia no crochê e na parolagem da vizinhança.

Ela crochetava, e a colcha crescia, riscada de vermelhos e azuis; já se espalhava pela cadeira, ia se derramando, cobrindo-lhe as pernas. Sentada ali, embrenhada nos perdidos da memória, só lhe brilhavam as mãos, movendo-se ágeis e brancas no lusco-fusco da sala. Lembrou-se dos anjinhos; teve um tempo em que queria filhos. Raimundo lhe plantou dois, mas não vingaram; quem sabe ela fosse estorricada também por dentro, que os pobrezinhos não tiveram onde se segurar. Parir mesmo só pariu solidão, que acabou por enredá-la. Será que ela gostaria de ter tido filhos? Pensou nas vizinhas, de casa cheia, filho berrando pelos cantos; não, isso não era com ela. A televisão ligada, a novela correndo solta, beijo na boca, amor, bonitezas. De chamego de macho enjoou logo no começo; dava trabalho demais, recebeu Raimundo quando não tinha jeito. Pois é, mas isso também acabou, e ele foi embora. Estava mirrando devagarinho, se apegando com as agulhas, entra dia e sai dia. De vez em quando um aperto no peito, uma falta do quê, não sabia. E quando vinha esse afogar punha-se a lustrar a casa, engomar as toalhinhas, ou ia para a vizinhança tomar das amigas um pouco daquilo que lhes sobrava, uma história de família, uma conversa de filho, uma reclamação de marido. Tomava emprestado um pouquinho da vida delas, e isso era a água com que regava o roçado seco e estorricado que tinha dentro do peito. Quem sabe até Raimundo estava certo, foi buscar alento novo; nessa vida a gente procura e nem sempre se tem a sorte de achar. Que seria dela ali, Dorvalice, que não tinha onde se encaixar; sentia a falta de prumo, o mundo corria adoidado, e ela só espiava nas frestas. A agulha zunia, bota ponto, tira laçada, puxa fio e estica a vida. E a colcha já lhe caía pelas pernas, ia envolvendo, trançado cheio de vazios e pontos soltos. Fresta era isso o que lhe sobrara. Nem rede de espera ela botava mais porque lá bem no fundo sabia que não havia nem mesmo o que esperar; as coisas tinham passado, um dia quem sabe, caminho errado, agonia de escolha. Raimundo, Raimundo, quem diria, fora mais esperto que ela.

Afastou um fio de cabelo do rosto, as mãos de fada trabalhavam sem ver. Na sala o lusco-fusco, a televisão reverberando, janela do mundo, afinal quem teria matado Odete Roitman? Ali naqueles confins ela vivia de empréstimo; pecado tinha certeza que não tinha, pecado era dona Violeta se espojando na cama do seu Jeru quando a mulher dele ia rio abaixo visitar as filhas. Disso ela podia se gabar, mantinha as pernas fechadas, de pecado não podia ser acusada.

    O sol escondeu-se de vez, e Dorvalice sentiu um torpor, uma leseira danada. Canseira; isso, canseira. Era o que sobrava, afinal de contas. E pensar também não resolvia. Pensar em quê? A vida tinha sido empapelada, guardada em cânfora, desinfetada, retalhinhos de empréstimo, e quem vive só de quadros na parede? Clep-clep de agulha, a colcha mais e mais enredando, a moça da novela rindo alto, vestida toda de brilhos, a boca vermelha muito vermelha cada vez mais vermelha ria e ria, a colcha descia se arrastava no chão, as mãos muito brancas tremeluzindo aladas, ponto alto ponto baixo, ponto segredo, teia de aranha, para onde ela ia se nem santo ajudava, o mundo era surdo e ela falava com as paredes. Estava cansada de enterrar defunto alheio, chorar e rir pelo que não era dela. Sai a moça da tela, vem pertinho de Dorvalice, um aceno um sorriso, aquilo era com ela, a colcha da solteirona Carlinda, que se afogava na cama com o moço da venda, que estava de olho no seu baú, dona Violeta gozava, clep-clep, ponto alto, ponto baixo, pondo segredo. A noite vai alta, ela ali estorricada, vida emprestada, o chuvisco na TV, a colcha envolvendo, mergulhando fundo nos seus ais, mortalha de solidão.

    Na manhã seguinte a vizinha chamou no portão, mas Dorvalice não escutava mais. Na sala, a TV gritava um anúncio de sabonete, uma entre dez estrelas de Roliúde usa Lux; sobre o sofá de curvim amarelo, orgulho da casa e comprado a prestações, uma amontoado de vermelhos e azuis e só as mãos, adejando como fadas, ponto alto, ponto baixo, ponto segredo, só elas apareciam naquela montoeira de renda, que crescia sem parar e enrolava Dorvalice, hirta e seca, uma dentre as dez estrelas de Roliúde que usa Lux.

ÁGUAS

O velho trinca os dentes e verga o corpo, quase mergulha beira da canoa abaixo no esforço de içar a rede. Vem quase vazia, um siri mole ainda cai na água. Ele solta um suspiro, vai que se conforma, não há muito mais a esperar naquela soalheira toda que lhe arde os olhos, já meio cegos e deixa a boca babona quase grudando. – No meu tempo não tinha rede que me recusasse peixe, nem quenga que não me alumiasse. Apanha os remos, e as costas brilham escuras e lanhadas. Força... Força. Lembra do cais antigo quando varava noite em roda de jogo, cuspindo no madeirame, tocando o barco antes do sol e recusando peixe que não fosse marrudo – ... daqueles que brigam pra morrer, estrebucham e te olham, zangados, com o olho brilhante que viu a Iara no fundo do rio. Isso não tem mais, a Iara se foi pras outras águas depois que abriram o porto e alumiaram tudo, coisa de gringo safado... Hoje essas lascas de peixe que não dá gosto. Te olham com cara de pecado, de culpa. Arrego... Não pelejam, não falam, cansados como eu.

O velho não ria mais tinha tempo, perdera o gosto junto com os dentes e com dona Maria do Socorro, que se fora também, em uma noite de chuva, daquela que entra pela porta adentro, molhando o corpo e enxovalhando a alma. – Foi sem gemer a pobre, nem isso queria mais. Essa sina de vida que vai encolhendo a gente entra dia e sai dia. Se vai ficando pequeno, fala com o Negro, e ele não responde, tá surdo pra velho como eu, sem carícia de cunhã nem riso de moleque. A canoa segue mansinha, que da pouca força dos braços e da leveza do peso vai triscando a água, sem marola nem chiado. Vai como se conhecesse o caminho, ela também cansada daquela faina diária, carcomida nas beiras, como se lamentasse o tempo, embalada pelo arengar do velho.

No casebre escuro e úmido, logo na beira d'água, ele mexe nas panelas, escalda o pouco peixe resmungando baixinho, ora reza, ora choraminga. – Já está na hora... Passando... Não tem mais pernas pra muita andança, nem riso pra pouca graça. A casa, como a vida, espedaça-se desde que dona Socorro se foi. Cai-lhe caliça na cama e na alma; a passarada entra pelo telhado e lhe faz titica sobre o fogão. Ela amava passarinho. Passarinho e o véio dela... Com olho de saudade, ele roça os dedos na rede grande, agora inútil, pendente dos ganchos enferrujados, testemunha de tempo melhor, já perdido, já passado, tempo em que embalava, intumescida, o arfar do velho e o gemer de dona Socorro, cheirosa e cheia de dengos.

Filhos tiveram quatro, e três deles o rio levou, ciumento, em noite escura e de ventania. O quarto, Rodamundo, rapagão sacudido, se embrenhara em busca de sonhos, pelos lados do Uruí, e dele nunca mais se tivera notícia.

Dona Socorro se conformara. – A gente tá aqui pra isso, um dia vai, um dia vem.... Mas, quando a água subia e o rio, prenhe, vazava nas margens, ela lembrava do filho. Dele já tinha esquecido o rosto e o andar, só guardava, queimando dentro do pensamento, os olhos escuros do curumim esperto, que um dia lhe mamara nos peitos, e ouvia a voz da madrinha, brava, que aquilo não era nome que se desse pra filho, isso traria má sorte – menino sem bênção tem o destino traçado. A gente bota filho no mundo pro que Deus quiser. E o Negro mandar. Roda filho. Roda mundo... Procura. Procura. O velho falava pouco, e ela imaginava que ele tinha esquecido depressa. Nem sonhava, a pobre, que, nas noites de lua, quando a água corria, serena e faladeira, ele se perdia a conversar com o rio, que lhe trazia notícias e lhe contava as proezas do

moço que estava além, muito além, em margens distantes, cumprindo a sina do nome e das agonias da vida.
— Nunca mais, nunca mais ...

O velho apaga o fogo e vai puxando a cadeira capenga. Arreda os restos de sobre a mesa, abre um espaço para o prato esbeiçado, a farinha e a pimenta. Cabeça baixa, mastigando como pode, cuspindo aqui e ali, engasgando com um ardor mais forte, soluçando com a secura da vida. Quando a gamela esvazia, ele cabeceia. Um gato vadio sobe na mesa e fareja as sobras. O velho estende a mão encarquilhada. Tenta tocá-lo. De um salto ele escapa pela porta.

A noite já vai alta quando ele arma a rede no oitizeiro. O peito magro chiando, maldita tosse que lhe come o fôlego, armadilha da vida e do tempo. Estira o corpo seco, embala os olhos no marulhar do rio e se põe a falar sozinho. Conta causo, resmunga e vai rezando, essas rezas babadas de espera, reza misturada com praga, reza de velho que espera a morte.

Rodamundo

Maldito nome esse que lhe dava cócegas nos pés; o homem não tinha pouso nem destino. Por um bom tempo ele canoara pelo rio, indo de vila em vila, vivendo solto ao sabor da correnteza. Aqui pescava um pouco, estendia a rede sob uma árvore qualquer e deixava a vida passar; ali amasiava uns tempos, emprenhava as índias e, quando o sangue começava a uivar na veia, recolhia os trens e se metia no mato. Um dia perdeu a canoa no jogo e fez da floresta sua casa. De onça não tinha medo, aprendera a conversar com elas. Respeitavam-se. Olho no olho, cada um para o seu lado, que ele não era abestado e a fera sabia disso. De homem ele desviava, que era bicho traiçoeiro; ninguém lhe ordenava os cornos, mas sempre é melhor evitar.

Era espadaúdo e de cabelos encaracolados. Cabecinha de anjo, dizia dona Socorro, encacheando o filho pra missa quando pequeno. Mal se recordava do rosto dela, a foto se apagara com o tempo, tantos anos de andança; do pai só lembrava da lida, das costas riscadas brilhando ao sol, dos braços retesados puxando a rede.

Até onde sua memória alcançava, estava o casebre pequeno reluzindo de limpo, a mãe com suas ervas, o gosto horrível do boldo que curava tudo, dos irmãos mais velhos chegando da pesca ou das noitadas de taberná, arreliados, de pernas bambas enchendo a casa de alvoroço. Homens feitos, sem medo de nada, mangando dele, menino assombrado, boquiaberto, sonhando. Quando o rio os levou, sem aviso e sem pena, ele viu a mãe estatelada, olhar perdido e a lágrima envergonhada do pai. Escondeu-se no mato, não queria que o vissem chorar, e ali, sozinho, pranteou e enterrou os manos sem nunca mais falar disso.

Crescera assim meio desordenado. A professora desistira logo de enfiar alguma coisa na sua cabeça. Gostava era dos bichos; perdia horas pelo igarapé arrulhando com sanhaço, conversando com mambuia e desvirando tartaruga.

Quando ia até a cidade, olhava tudo curioso. Costumava acompanhar o pai até o mercado, mas o deslumbramento mesmo era a loja do velho Nabor, aquela lindeza cheia de prateleiras altas e escuras onde se achava de um tudo. Facas reluzentes, anzóis de peixe grande, canivetes, cordas e cordas que não acabavam mais. O menino encafuava pelos cantos, não queria nada, só olhar perdido aquelas quinquilharias todas. Se o pai não botasse tento, ele ficaria por ali, esquecido, passando o dedo pelo fio de faca ou olhando abismado a bússola pequena, tremelicando em um estojo aveludado, que o Nabor exibia na vitrine central. Sonhava com aquilo noite e dia. Uma tarde, o velho, vendo o namorar do menino, resolveu lhe mostrar o que era. O curumim maravilhou. O ponteiro balançando siderou a cabeça dele. Ele olhava sem piscar, e Nabor ia explicando das noites sem estrela guia, da floresta fechada e do ponteirinho ali, igual anjo da guarda mostrando o rumo e a sorte.

Daquele dia em diante ele só queria uma coisa: aquela preciosidade. Levantava cedinho, e a mãe pensava que ia pra escola, mas o menino andava estrada afora e ia dar no porto, aceitando qualquer tipo de trabalho. Gemia sob o peso das caixas enormes, levava recado para a casa das putas, fazia entrega no comércio da rua e juntava seus trocados.

Depois de um bom tempo nessa vida, ele já tinha o dinheiro. Foi até o velho Nabor e, quase rezando, como quem pede a hóstia sagrada, pediu a coisa. Deixou as notas amassadas e saiu pisando leve como quem leva o Santo Graal. Tremia muito quando se embarafustou na mata, e sob a árvore favorita abriu o estojo. Ela estava lá, brilhando igual estrela e tremulando como se tocada pela aragem. O dia foi curto para os sonhos dele. Andava por ali, seguindo o ponteiro, foi entendendo tudo, e foi bem aí, nessa hora, que a comichão no pé começou. Vontade de seguir andando, perfurar a floresta, subir o rio, domar o mundo. Já era uma latagão de quinze anos, estava na hora de decidir o caminho. Medo ele não tinha, que bicho e peixe já eram amigos íntimos. A complicação toda eram os pais, começando a envelhecer, e ele filho único.

O tempo foi passando, o menino inquieto, mãe e pai, pai e mãe, aquela coisa que entranha na gente. Amor dividido, a cabeça voando mundo afora e o coração preso aos velhos. Quando saía com o pai para pesca, a comichão vinha forte, ele embrenhava os olhos naquela imensidão de água, no verde das margens. Sentia febre, tiritava e quase se atirava canoa abaixo para mergulhar sem volta e internar no mundo. O pai só olhava. Conhecia aquilo, lembrava de quando sonhava também com as águas negras e com o piar da floresta. Sabia que era só uma questão de tempo; mais dia menos dia o filho ia voar, e ele não podia fazer nada. No seu tempo, o que o segurara tinha sido a Maria do Socorro, com seu requebro dengoso e a voz de corruíra. O rio lhe dissera que ficasse por ali, era seu lugar, fincasse as pernas nas margens e pendurasse a rede grande no oiti. Ele ficara, e não se arrependia. Mas entendia o filho, sabia da comichão. Desde que lhe dera o nome de Rodamundo, nome que o rio escolhera, ele sabia da sina e do destino.

Um dia o rapaz resolveu arrumar a canoa dos manos, abandonada no quintal, que dona Socorro não tinha deixado o marido se desfazer dela. Começou a lixar, remendar e fez um serviço tão bem feito que ao acabar a pintura ninguém diria que aquela canoinha era velha. Tão galante e tão vermelha, parecia moça faceira vestida de festa. A mãe sabia. Mãe é mãe e tem dessas coisas. Ela sentia que estava por pouco. Que ia perdê-lo para o Negro, que sempre que o rio chamava não queria ficar sem resposta. Sabia que era a maldição do nome, a madrinha avisara, mas sabia também que o destino está escrito e que com ele não adianta arengar. Suspirava e rezava para São José guiar o filho, fazia novena, ameaçava o santo. E esperava.

A decisão veio num anoitecer em que Rodamundo se banhava, a água escura e fria lhe bulindo o corpo, qual cunhã enluarada, lhe fazendo a cabeça à roda. E o pé a coçar igual sarna de cachorro velho.

Naquela noite ficou mais calado que o costume. Olhava os pais com um olho manso, olho que abraçava sem saber, que ele não era dessas coisas, olho que pedia perdão e que dizia adeus. Antes de o sol aparecer ele já estava pondo seus trens na canoa, a bússola preciosa luzindo no estojo, enrolada em um plástico, enfiada no bolso mais escondido e seguro. Ali também estava uma foto da primeira comunhão, a única que ele tinha tirado nesta vida, onde a mãe aparecia vestida de domingo, toda enfatuada. Seus dois tesouros! Trazia a tralha de pesca ordenada, o pouco que tinha em um embornal surrado, e era só.

Saiu mansinho, sem adeus, embora tivesse um nó no peito e um cisco no olho, mas lá se foi arredando os sustos e metendo a cara no mundo. Mundo grande, mundo do rio, mundo das águas negras, do sol amarelo luzindo e ardendo na pele, da floresta sombreada e acolhedora como corpo de mulher. Isso tudo entrou nas suas veias, pipocou pelo corpo, o acendendo todo, rodopiando na cabeça e lhe dando força no remo e fogo nas pernas.

Foi assim que tudo começou. Rodamundo roda mundo, vai sem pressa, de olho bem aberto, sem sossego, vai sem rumo.

Vai e cumpre a sina do nome.

Rosário

A velha apertou mais as contas do terço na mão.
Ave Maria, Ave Maria.
A procissão ia devagar, parando aqui e ali. O joelho doía, a missa fora comprida. Aquele senta-levanta-ajoelha acabara com ela, mas o santo era forte e merecedor.
Ave Maria, Ave Maria.
Seguia a fila, se arrastando como podia.
Abelardo, o filho único, enroscara lá na frente. Careca e babão, caminhava de olho pregado nas pernas das moças vestidas de branco e fitas azuis. O neto, Dori, transmutado em anjo, ia mais atrás, ao lado do andor. A avó fizera questão, e o menino encasquetara. Tinha que ter estrela na testa, anjo que era anjo tinha estrela

brilhando e não fazia por menos. Ela se esmerara nos recortes do cetim branco, depenara o galinheiro, costurara noite adentro até o olho arder. E lá estava ele, agora, saltitando à roda do santo, com uma estrela mambembe, toda purpurinada, tremelicando na cabeça.

Quando dobraram a Rua do Comércio, ela avistou o rio. Sempre lá, escuro e imutável, coruscando e espelhando a luz dos barcos, ele escorregava carregando o mundo. Carregara Jeremias, o marido, em uma noite de vento forte. Fora uma viagem sem volta.

A velha sentiu a testa porejando e uma dormência subindo pelas pernas.

– Ave Maria.

Ao chegar ao Pai Nosso, escutou o zumbido. Vinha de longe, como um enxame de abelhas, principiado além das águas e se aproximando devagar. Ela olhou em volta e parecia que o mundo ora brilhava, ora começava a esmaecer.

Andava e nem sentia.

A reza lhe saía ininterrupta da boca, algaravia costumeira, e a vista começou a turvar. Foi quando viu Seu Jeremias, com os cabelos ainda escuros e vigor de moço, a lhe acenar. Vinha andando sobre as águas, como um Jesus Cristinho, trazendo a rede cheia de peixe e um sorriso escancarado na boca, como antigamente, quando chegava da pesca, já destampando panela, em um converseiro sem fim. Ainda no tempo que Abelardo curumim corria ao redor de sua saia, na cozinha do casebre. Tudo desfilou depressa como se lembrança vazasse e ela estivesse lá. Viu a rede no oiti, o canteiro de coentro no quintal, a roupa recém-lavada secando ao sol, a macaxeira brotando, o gosto do tucumã. A um canto, fiando de olhos baixos, estava a mãe, de quem nunca mais tivera notícias depois que viera para aquelas bandas. Ela viu os dedos tateando o fio, a boca mexendo-se em murmúrios de acalantos.

Escutou a trovoada da chuva, e nessa hora a perna vergou. Foi caindo, resvalando de mansinho, deslizando para baixo, nem ouviu a gritaria.

O neto correu, chorando, e se atirou ao seu lado.

Já estendida, o terço aferrado nos dedos, ela viu a estrela que tremelicava.

Pendurou-se nela e foi embora.

TOCAIA

José cresceu com Teresa brincando de cabra-cega pelos barrancos do rio. Naquele despreocupar da vida, foram estreitando laço, apertando afeto e descobrindo o bem-querer. Dos escondidos da mata, do cantar dos bem-te-vis e dos buracos de tatu para os buracos de Teresa foi um pulo. José não vivia sem Teresa, e Teresa não vivia sem José.

Teresa sonhava fartura, e José se aperreava. Fartura eles tinham ali, que a natureza não se negava a nada, o rio paria peixe e a lua aleitava as noites. Mas Teresa queria mais, queria brinco na orelha, queria saia rodada, sandália de salto alto, balangandã no pescoço, jogo de louça na mesa, lençol branco de linho, perfume de alfazemas. E José, que só queria Teresa, o que não faria por ela? Mas Teresa era teimosa, tinham lhe crescido os olhos, queria porque queria.

José não teve escolha, um dia resolveu-se e partiu.

Meteu a cara no mundo, procurou de alto a baixo, revirou toca de onça, enfiou-se na cidade, procurou nos escondidos e meteu a mão em cumbuca. De quando em quando escrevia a Teresa, ia caprichando na letra, cartas em papel cor-de-rosa, coração entrelaçado, selo de amor sem fim. Teresa lia e guardava embaixo do travesseiro, e quando a noite chegava as palavras bailavam no escuro, o coração batucava; José crescia na distância, e ela molhava os lençóis.

Teresa esperava.

Por anos Teresa esperou. Por anos José adiou a chegada. Logo, logo ele ia, estava chegando a hora, diziam as palavras cor-de-rosa nas cartas caprichadas, no coração de flechada, no amor que não acabava mais. Às vezes mandava um mimo; um dia um anel de pedrinhas, no outro colar de ouro, no terceiro um brinco de prata. E Teresa se engalanava, ia para a cama sozinha, de anel escorregando no dedo, colar encadeando o pescoço e brinco tilintando na orelha. Ia sonhar com as palavras loucas escritas em cor-de-rosa; com coração disparado, caprichava nos bailados e molhava os lençóis.

Entra dia e sai dia, Teresa faz como o rio, um dia sobe outro desce. De esperar também se cansa; quando o amor é demorado, o corpo fala mais alto, a pele gosta de dedos, toda a pele de Teresa urgia naquela demora.

E Teresa cansava.

José foi se enredando na vida, metendo-se em empreitadas; sua mira era perfeita e sua mão não tremia. No buraco negro da bala, no vermelho esguichado nos corpos, ele via o brilho de Teresa, seu balançar de cabeça, a hora chegando mais perto. Foi juntando moedas de sangue, amealhando defunto matado, não enjeitando serviço; tudo isso ele fazia só atinando com Teresa, o amor sem fim por Teresa, Teresa, sua Teresa, perdida no fim do mundo.

E Teresa cansava. Foi exibir formosura, que amor não é poço sem fundo; é rua de duas mãos, enquanto uma vai, outra vem, e a avenida de José começou a embaralhar.

Um dia ele disse que vinha. Teresa, por força do hábito, o coração deu um pinote, vestiu-se de cor-de-rosa, caprichou na maquiagem, tirou o amor sem fim da gaveta. Botou o brinco de prata, enrolou o colar no pescoço, o anel brilhando no dedo, preparou-se nos perfumes, espantou os visitantes.

José vinha na chegança, de olho preso em Teresa, a tocaia estava armada. Os tiros rasgaram o escuro, o inimigo chegou primeiro. Estrebuchando no chão, babando a vida em soluço, o corpo crivado de balas; dos buracos de José, o sangue esguichava forte.

No último virar dos olhos José gemeu por Teresa. Engasgou cuspindo a alma; pediu beijo e morreu.

Teresa balançou a cabeça, tremeu o brinco de prata, arfou o colar no peito, arredou o vestido do sangue; tanta noite gemendo sozinha, tanta carta de amor cor-de-rosa, tanto coração partido.

Curuminha

O rio. Sempre o rio, sinuoso, correndo lascivo e sem pressa. Ela perambula pela margem, curuminha perdida e parida no leito do Negro; ninada pelo seu murmúrio, amamentada com sua água. Afilhada da Iara, traz na boca o gosto do cajá, nos olhos os igarapés, no andar a onça pintada. A noite se faz escura, tão escura quanto o rio, noite e rio, rionoite, amalgamados. São um só, ambos negros, são mutantes, cintilantes, rio bicho, rio estrela, rio macho, pai do Boto e das curuminhas que vagam na noite.

– Vem, curuminha, se perder às minhas margens. Vou lamber teu cio; levante a saia e abre as pernas, espoje na areia fina, espume entre as coxas e uive de gozo.

O rio se insinua, e ela olha; o fundo das águas escuras, todas as formas de ardores recolhidos, a miragem, a euforia que traz no corpo. Quando a noite vai mais fundo e a madrugada pipila com as aves da noite, ela vê o homem que sai das águas, nu e moreno, faíscas do Negro na pele, vidente dos seus desejos. As águas rodopiam, se tornam abraços quentes, olhos de estrela, boca candente a devorá-la. A areia branca é leito dos desvarios, do abrir das pernas, do escorrer da espuma, do ranger dos dentes. O Boto saliva em suas orelhas, afaga os ombros e lhe baba o sexo entre o gorgolejar da boca e o piar das aves. Dedos d'água penetram em seus cabelos, titilam os seios e lhe invadem o ventre. A cada gemido dela, ele murmura e a engole mais e mais.

Quando o rio se recolhe, vazante e apaziguado, o Boto cicia, suave, marulha nas pedras, e vai embora.

A GAMELEIRA

Dorival era um homem sossegado. De boa índole, sempre tinha sido um sujeito cordato. Perdera a mãe em pequeno lá nos alonjados de Cabeça de Cachorro, mais para as nascentes do rio. Viera todo caraquento e mirrado para a cidade grande; o pai o deixou na casa da tia-madrinha, e abriu no mundo.

Cresceu casmurro, poucas falas, e sem amigos. Como pau na correnteza, ele não se apoquentava com nada. Até história de mulher ele resolveu sem muita aflição. Lá pelos seus dezoito anos, com o fogo ardendo no sangue, casou com Marlice, uma ribeirinha do Alto Purus, bonita e risonha. Casou e sossegou. Marlice era pequena e magra, mas era um azougue. Sua voz esganiçada ardia na orelha, e com ela não existia tempo quente. Se virava. Depois que botou os olhos em Dorival, sabia bem o que queria. E queria casar com ele. Fechou o cerco, e ele veio cair, bonito, na sua tramagem. Emprenhou a mulher oito vezes e nas oito ela irrompeu em criança. Era menino e menina para todo lado; a casa era uma algazarra doida, aquilo não parava. Dorival se entrincheirava na varanda logo que chegava do trabalho, amarrava a cara e com a cabeça à roda naquela falação toda não queria um pio. Marlice tinha que se virar. Atochava a boca da meninada, aquilo era uma agonia.

Iam levando a vidinha, ele trabalhando na loja do Turco, e ela fazendo umas quitandas. Até o dia que a bendita resolveu ir trabalhar em casa de madame. Dali para começar a enchicar foi um pulo.

Primeiro foi o vestir. Marlice se emperiquitou. Começou a usar a barriga de fora, umas calças pelo meio da canela. Depois apareceu um batom arroxeado e o cabelo cheio de presilhas coloridas. Em seguida vieram os brincos, as contas no pescoço e a sandália com uma plataforma de fazer gozo em palafita. Dorival só espiava aquilo e amuava. E ao fim aguçaram os converseiros. Se já era palradora, agora ela parecia uma arara bêbada. Com aquela voz ardida, falava sem parar. E olha que tinha assunto; se não tinha, inventava. A bem da verdade, tem que se dizer que homem ela não procurava não. Se achava bem servida e, pelo menos até aquela época, o marido cumpria sua parte nos conformes.

A cada dia que passava ele ia se enredando em si mesmo, procurando os silêncios sem nem mesmo saber o porquê. A vida lhe parecia desinteressante, a mulher já não o atraía mais, ficava a sonhar com as distâncias e com o correr das águas do rio. Foi ficando mais calado, mais sozinho, fincado dentro de si, emudecendo. De vez em quando se pensava que ele não enxergava mais ninguém. O olho parado, parecia que o homem não estava ali, andando não se sabe por onde, alimentando estrelas.

Morou a vida toda à beira do Negro, em um favelão desbotado, que a enxurrada lavava durante a cheia e o calor estorricava no verão. A única coisa que escapava da feiúra da vila era ainda a gameleira. Árvore muito antiga estava fincada ao fim das casinholas, em um barranco alto de onde se via o rio escorregando naquela sua andança; era copada, ninho de sanhaço e bem-te-vi, e ficava se exibindo, toda verde e fresca, naquele sol de rachar coco. Enorme e solitária, quase em vigília do mundo, com o leque de raízes aberto tal qual um manto e abrigo. Das tardes de folga, Dorival deu para arriar na sombra dela e ficava ali abestando, na bubuia da vida, conversando com seu umbigo, que era, no fundo, o interlocutor melhor e mais atento para os seus destrambelhamentos. Sua cabeça ia navegando, virando herói e príncipe, seduzindo curuminha de cabelos escorridos, até cavalo branco ele montava. A árvore só escutava aquilo tudo e sorria amorosa, ia alongando a sombra, envolvendo

Dorival na renda da copa, que homem se tem em todo lugar, mas príncipe e herói nessa vida são bem poucos. O tempo rolou, e a coisa andou assim, ele e a arvore, a árvore e ele, se perdendo dentro do sonho, ele viajando montado, ela ouvindo paciente.

Até o dia em que ele se aposentou. Não tinha mais obrigação, os dias ficaram compridos. Ele olhava e olhava, e tudo lhe parecia não ter horizonte e nem cor, um desdobrar do tempo e da vida rolando e rolando sem fim. Na festa de São José lhe deu um estalo. Já não agüentava o falatório vazio da mulher. A cabeça começou a zunir, e ele resolveu que não ia falar nunca mais. Parecia promessa. Travou a boca, e pronto. De nada adiantou Marlice se descabelar, chorar e fazer rezação. Ele não dava um pio. Ela arengava e arengava, e ele lá com um olhar de peixe morto, cara de não sei. A criançada achou graça no começo e o arreliava, mas depois, quando viram que a coisa era para valer, ele não falava de jeito nenhum, acabaram por desistir. Mas Marlice não. Bem que ela tentou, a coitada, mas Dorival nada. Acabou que a mulher foi se acostumando e agora ela mesma perguntava, ela mesma respondia. E ele lá perdido dentro de si, naquele mutismo que não era doença do corpo, era doença da alma. Na verdade, conversar ele bem que conversava. Mas era com a gameleira, que escutava e não piava. Ele ia desfilando o sonho, baixinho e manso, e ela só farfalhava as folhas.

Foi então que tomou a decisão. Já estava cansado da família, das gentes e dos vizinhos. Nada que realmente importasse nesta vida. Arrumou suas coisas, pois era homem sério; milagre não podia fazer porque de santo não tinha nada. Mas alguma ordem ele colocou na vida, pegou seu alforje e se abalou para debaixo da árvore. E resolveu que iria morar lá, e não havia o que o demovesse. Resolveu e foi.

Calado, botou os trens no oco e derreou ali encafifado, na sombra que desenhava uma renda por todo ele, parecendo teia de aranha. Durante a noite, ele se recolhia no abrigo protetor, penetrava ali meio encolhido. Enredado nas raízes, ele ensimesmava. Perdia-se olhando o rio, nem percebia a titica que lhe caía na cabeça vinda dos ninhos. Nisso ele foi ficando fosse chuva ou fosse sol, e as pessoas da vila se acostumaram. Uns diziam até que as folhas da gameleira andavam mais brilhantes. Se alguém chegasse mais perto, percebia que ele tinha começado a esverdear, e depois de um tempo mal se enxergava o homem, enroscado nas raízes dela, movendo os lábios em uma conversa secreta. Um passante mais notívago contou que ouviu um arrulhar de pombo macio vindo da gameleira, parecia sussurro de amor. Então ela começou a copar mais e a exibir um verde tão intenso que aquela gente nunca tinha visto.

Um dia o povo ao redor acordou com uma florada surpreendente, mais do que nunca a árvore esmeraldava, exibindo umas florinhas brancas e delicadas, de um perfume forte.

Quando a florada atingiu o auge, com o chão todo pintalgado de branco, a vila foi acordada com um lamento forte que rasgou a noite como faca.

Dia seguinte estava lá. Um arbusto pequeno e lustroso, parido com a cara de Dorival.

VELHO NABOR

Lá pelas bandas do Uruí não se falava em outra coisa, era assunto da roda das velhas na hora da lavação de roupa. O velho Nabor tinha enrabichado e perdido o juízo. A menina, Irerê, era bem feitinha, mas não passava dos quinze anos; nascera em noite sem lua, à beira do Negro, e fora criada pela gente da vila, sem léu nem créu. A mãe, cunhã sacudida, sumira rio abaixo, aninhada em um barquinho de pesca; do pai nunca se teve notícia. Curuminha ainda, apareceu embuchada; diziam que era do Boto, mas isso ninguém provou. Verdade que a criança que nasceu tinha olhos d'água, líquidos e negros; era franzina, não durou muito. A mãe ficou por ali, indo e vindo sem rumo certo; pelas manhãs se banhava no Negro, nua como um anjo, toda dourada; às noites, endemoninhada, se molhava com saliva de macho, se espojando no balanço das redes; um dia um presente, em outro um prato de comida.

Desde que lhe viera o gosto, nunca mais enjeitara homem, mas sempre era coisa de uma noite só, que essa coisa de amancebar não era com ela. Levava vida de passarinho, pousando sempre no galho que estivesse mais perto. Foi assim até cair na conversa do velho Nabor, mascate conhecido já há muito tempo, que vinha uma vez ao ano trazer quinquilharias e notícias da cidade grande.

Dono, junto com o irmão, de uma loja grande na capital, ele gostava do rio. O pai tinha começado assim, de vila em vila, enricado, botado a loja, mas o sangue nômade do filho costumava dar uns guinchos repentinos, e na cheia ele saía pelas ribeirinhas, comerciando, bebendo e contando causos. Tinha um belo barco, com conforto, pois não estava mais em tempos de penúria. Um dia aqui, outro ali, e quando e onde encontrasse conversa boa ia ficando. O irmão, Samir, era mais circunspecto, não se dava a desfrute; ficava na cidade, cuidando da clientela, sem muito riso, que não era disso.

Nabor aportava, o barco cheio de novidades, armava o tabuleiro à beira do rio, e era uma romaria o dia todo, até a tarde descambar; aí então aquilo virava um tranco, enxameado com os pescadores que chegavam e os homens que vinham da seringa. Ali eles bebiam sua cachaça, ficavam cheios de histórias de peixe grande, da assombração que surgia nas noites escuras, do polvo gigante que engolia barquinhos no porto. Curuminhas rondavam as mesas de jogo, e as beatas amaldiçoavam as risadas e os gemidos que furavam a noite, escarafunchando pelos ouvidos e lhes dando saudade de tempos que não voltam mais. Nabor já não era jovem, mas dava conta do recado. Era baixinho, atarracado; cabelo quase não tinha, trazia o rosto vermelho e já andava meio cegueta. O olho que lhe restava era rápido e matreiro; não desviava dos negócios, ria com a boca babenta, mas vigiava com o olho esperto.

Quando a caboclinha começou a rondar, Nabor se eriçou todo. Primeiro lhe deu um espelhinho já carcomido pela umidade, depois vendo que a coisa funcionava começou a agradá-la com alguns colares de contas, e quando viu ela já vivia pelo barco atrás dele, cheia de dengo, espiando os baús repletos e apalpando os tecidos cheirosos. Até o dia em que ela encontrou, perdida entre as caixas, uma revista daquelas de capa brilhante, cheia de fotografias de mulheres lindas e louras com sorrisos em que não faltava dente, vestidos cintilantes e pernas compridas. Foi uma festa. A menina até tremia, alisava o papel sedoso com os dedos, nem respirava direito. O velho não perdeu a chance, começou a contar da cidade grande, dos cafés, das lojas e da vida fervilhante que se esparramava embaixo daquela quentura do Equador. Ia falando devagar, ela ouvindo com o corpo todo, tão atenta e embevecida que nem sentiu os dedos dele que lhe procuravam as partes até que, com um piar de passarinho, lhe abriu as pernas e o velho roncou naquela macieza toda, até vazar em um resfolegar asmático e cair adormecido.

Nessa história as águas começaram a descer e era hora chegada de ele partir, voltar para a cidade antes que o barco encontrasse o fundo do rio e tivesse que ficar meio ano por aquele fim de mundo. Dono a menina não tinha, nem pai, nem mãe, nem cabresto. Então, esperta, se agarrou na rede do velho, que não queria perder o ninho. Ele, que vivia pensando nisso, mais que depressa recolheu os tabuleiros, cobrou as dívidas, e se pôs ao largo.

A viagem de volta foi um mel; Nabor mal acreditava na sorte. E nesse sonho ele foi navegando e desfrutando a cunhã noite e dia, que estava velho, mas não estava morto. Tinha ganhado nova força nas pernas, afinal a menina era um primor. O velho se exauria, se babava todo, e Irerê não fazia tempo quente. Estava ali, prestimosa, cumprindo sua parte atenciosa e dedicada.

Quando atracaram no porto, Nabor estufou o peito, até sua cara bexigosa luziu. Amarrou o barco e desfilou pelo trapiche com aquela beleza ao lado; andava e ganhava tamanho, percebendo os olhares de espanto e os risos de inveja. A menina se saiu melhor que a encomenda. Leu o êxtase na cara do velho, sentiu mil olhos lhe queimando o corpo, empinou-se toda e desfilou gloriosa; mulher que sabe das coisas.

A notícia correu depressa e quando os dois chegaram até a loja o irmão já os esperava, cenho franzido, aguardando o mano e a novidade. Foram os dois até os fundos, e Nabor louvou a moça, disse da solidão em que viviam, da casa materna meio abandonada, ruindo pelas beiradas, da hora chegada de botarem tento e arrumarem a vida. Eram ambos solteirões que resolviam suas urgências juntos, na casa da Joana Sarará; Nabor ganhando no riso e Samir nas poucas falas. Haviam cuidado da mãe a vida toda e quando ela morreu já estavam na meia-idade e acostumados à solitude, ao bafo confortável da vida; dividiam a moradia, se davam bem. Não podiam reclamar da loja; a burra estava cheia, eram respeitados, a clientela fiel e os amigos leais.

Samir coçou a cabeça, mirou a rapariga, que já estava passeando por ali, alisando a mercadoria e sorrindo pra clientela. Achava complicado aquilo de mulher metendo o nariz na vida deles, mas era direito do irmão, e ele tinha que aceitar.

Nabor estava contente. Tratou logo de pintar a casa, botou móveis novos, poltronas enormes e fofas cobertas de cetim escarlate; até quadro de Coração de Jesus ele botou na parede. Mandou vir do Sul uma cama enorme, cheia de mosquiteiros rendados e colchão chiadeiro; espelhou tudo com o melhor dos cristais. Mandou polir os gradis, dar brilho nas cerâmicas antigas, e fez a velha Raimunda, que era cria da mãe e cuidava deles, arear as panelas e tachos, botar os lençóis de linho guardados no varal e perfumar a casa com o cheiro das ervas do mato.

E lá estava a casa engalanada, os lençóis enfunados como velas ao vento e Irerê se acostumando aos luxos, se espalhando pelo espaço aberto e macio, vestindo as sedas que Nabor trouxera, requebrando as ancas e fazendo o velho estatelar os olhos e fungar baixinho. Ela começou a florir, radiante como açucena do rio, o corpo ganhando carnes e recheios, os dentes brilhando na boca vermelha. Foi se apossando da casa, tomou gosto em mexer nas panelas, vigiada de perto por Raimunda, que não tirava os olhos da patroazinha, lhe ensinado a cozer o peixe com mais requinte. Quando Nabor se apercebeu, ela tinha ares de dona e já estava recebendo visitas na sala toda enfeitada; o pudim de cupuaçu era o melhor que ele já tinha visto. Levou um susto quando ela encafifou de aprender a ler; trouxe o professor do liceu e ficou orgulhoso porque a menina deu conta do beabá em um tiro, e o mestre disse que era muito boa nas contas.

Samir olhava ressabiado, aquela gastança toda, mas foi se acostumando. Até que mulher em casa fazia a vida mais doce, e Irerê sabia se fazer gostar.

Uma noite, madrugada alta e insone, ele saiu para a varanda à procura de uma aragem. Foi aí que viu a cunhada saindo nua do igarapé do fundo do quintal. Caiu rendido. Dali em diante ficava esperando as noites calorentas e claras e quando ouvia o passo leve se acendia todo. Levantava suando, escondia-se pelas moitas e ali ficava entre um resfolegar e outro. A mulher menina, Iara dengosa do rio, ia desapercebida, banhando o corpo dourado, cintilando ao luar. Enquanto ela deixava a água lhe lamber a pele, Samir ia sentindo a saliva engrossar na boca. Ela quedava enleada, ele arfava aflito. O homem perdeu o sossego. Ficou cabuloso e de olhos fundos. Ao fim do dia, saía mais cedo da loja e vinha espreitar o corredor dos quartos. Uma nesga de luz e lá estava ela, escarranchada na cama, esquecida da vida. Essa febre foi queimando Samir devagarinho.

Isso durou uns tempos, até uma noite em que, se achando seguro, espreitava a moça pela porta entreaberta. Nessa hora Nabor chegou de supetão, viu o mano ali, estatelado, e entendeu tudo. Entendeu porque ele andava ainda mais sorumbático, se desviando, esquivo feito alma penada. Entendeu e riu por dentro. Sempre tinham dividido tudo, desde o primeiro rolemã até os carinhos da mãe; desde os negócios da loja até os favores no puteiro. Samir, mais velho, sempre fora seu protetor. Tinham crescido naquele amor entranhado, naquele um em dois que só irmão de verdade entende. Nas brigas de rua, nos estrilos da mãe, na rabugice do pai, Samir poupava o mano sempre que podia. Nabor aproximou-se, calado. O irmão deu um salto, assustado, e fincou os olhos no outro meio sem saber o que dizer, meio igual gato suspeito, boca seca e suando em bicas. Nabor se enterneceu. Os dois se miraram comprido, um entendendo a paixão do outro, paixão que não pediu licença e chegou como chegam as cheias do rio. Palavra não havia a que dizer, que estava tudo estampado na cara. Samir abaixou a cabeça e ia sair dali, quando Nabor, com delicadeza, pegou no seu braço e o levou até a cama. Irerê viu os dois e percebeu tudo na hora, que afinal tinha já um tempo na vida, sabia das coisas. Sorriu quando o amante tomou a mão do mano e a depositou suave entre suas coxas, e o suspiro de Samir, fundo e chorado, foi o ponto de partida para ela gemer também.

Dessa noite em diante eles se revezavam. Um ia para a cama de dossel e outro para o quartinho dos fundos. Tinham dia certo para cada um, e aos domingos e dias santos Irerê tinha sossego. Saíam os três para a missa, ela toda faceira e os dois de cabeça erguida, enfatuados; rezavam na primeira fila, deixavam um bom dinheiro na cesta de coleta. Cumprimentavam a vizinhança e sorridentes e cheios de si voltavam para casa.

Dois anos depois a cunhã emprenhou, e eles dois comemoraram o filho da velhice e do desamparo. Quando a criança nasceu, cabeluda e de choro zangado, era a cara de um e o focinho do outro. Brindaram o feito, acharam compadres e dali em diante, Ozair, garoto sortudo, cresceu entre dois pais extremosos.

IRERÊ

Depois que Irerê pariu Ozair, arredondou-se toda, ganhou mais corpo, ficou mais doce e passou a viver na confiança que o mundo era cor-de-rosa. Vicejava. E resolveu se aprimorar. Quando chegou aos trinta anos, já estava longe o tempo da curuminha abestada que tinha vindo para a cidade embalada nas querências do velho Nabor. Agora tinha suas sabedorias, lia e escrevia depressinha, era boa de contas, e na cama controlava bem os irmãos, nisso se tornou especialista. Comandava a casa com segurança, nada de muita conversa fiada. Só perdia o tino com Ozair, que crescia mimado e cheio de dengos. Todo o mundo era feliz e levava sua parte.

Um belo dia resolveu que queria ir até a loja. Não agüentava mais aquela vida de paradeira; energia lhe sobrava, e tinha que achar o que fazer. Quando chegou, já foi mexendo daqui e dali, arrumando prateleira, e Samir só olhava, mas não podia negar que tudo ia ficando mais bonito. A loja ainda era do tempo do pai, aquela imensidão meio escura, tudo abarrotado, a mercadoria enfiada pelos cantos, sem cuidado ou preocupação. Jeitosa, ela foi se insinuando; voltou no dia seguinte com cara de quem não quer nada e depois de um mês já tinha revirado tudo, faxina geral. Em seguida uma tinta nova, mais luminosa, desentulhou as vitrines, chamou o eletricista, botou holofote, uniforme nos funcionários, essas coisas. Em dois tempos estava atendendo aos clientes; aprendeu a indicar o botão correto para esta freguesa, o sabão especial para a outra, umas miudezas, segura de si, mestra do assunto. Ia arrebanhando simpatia, sabia rir na hora certa, um palpite para dona Sofia, outro para dona Maria, e, quando os irmãos se aperceberam, ela tomava conta do caixa, escolhia as compras, e era uma dona de loja melhor do que eles. Os agregados e funcionários aprenderam a temer os olhos dela, sabiam que a patroa era esperta e acabaram com a pasmaceira. Os viajantes traquejados, que vinham do Sul Maravilha vender suas mercadorias, já conheciam a quem deveriam cobrir de presentes e agrados. Samir e Nabor, deslumbrados com o filho em comum, viviam navegando pelo mundo da lua. No começo estranharam, tentaram retomar as rédeas do negócio, mas depois da cara feia dela e do emburramento acabaram por desistir. O lucro ia aumentando, a cunhã tinha tino para o comércio;

a freguesia, antiga e exigente, já entrava na loja sorrindo. E, além disso, ambos estavam envelhecendo e quando Irerê se meteu definitivamente a dirigir a loja, até acabaram por agradecer.

Os irmãos foram amolecendo devagarinho, Ozair crescendo, e eles loucos de amor pelo guri, a quem faziam as vontades e de quem agüentavam os desaforos. Nesse vai não vai, Irerê foi assumindo tudo, tocando a vida com mão de ferro, que sabida ela era sim e muito, não errava o troco e derramava simpatia para com a clientela.

O tempo que sobrava era pouco, mas Irerê aproveitava bem. Lia tudo que lhe caía nas mãos, e de revista tinha coleção. Era um fazer compras, ficar elegante; o cabelo escorrido de índia ganhou um alourado e um cacheado igual de artista da TV; o guarda-roupa precisou de mais um quarto, que nos armários que tinha não cabia mais nada. Quem visse Irerê não reconhecia. E malhação era com ela mesma. A moça se cuidava. Meteu-se em academia, vivia de pedicuro e manicuro; enfim, educou-se. Quando viu que estava no ponto, começou a fazer visitas; devagarinho, foi conhecendo as senhoras importantes, que passou a cobrir de gentilezas até ser convidada para um chá aqui, uma festa ali, um bazar acolá. Então se encheu de amigas e foi um regalo. Botava-se nos trinques; anel de brilhante no dedo, uma penca de correntinha de ouro com meia-lua e figas penduradas, brinco cheio de pingente; soltava a cabeleira, pouco braço para tanta pulseira, um conjuntinho cor-de-rosa da melhor butique da cidade, mal cabendo na calça agarrada, e lá ia ela para as caridades, que isso era coisa de madame. Com o tempo meteu-se em um carrão importado e escondia-se atrás de uns óculos escuros maiores do que ela. De vez em quando viajava com as amigas para os States, um grupo alegre e despreocupado, e voltava cheia de pacotes. Ozair ganhava brinquedo que só faltava falar. Quando sentia arder o meio das pernas, dava umas desaparecidas para depois surgir na igreja, ajoelhando e deixando padre Clemente de cabelo em pé no confessionário. Por uns tempos ela ainda recebeu os velhos, mas depois, quando o fogo deles começou a baixar e a coisa estava ficando demorada, trancou a porta e só abria raramente. Os dois reclamaram um pouco, mas sossegaram logo, pois não estavam lá muito interessados nesse tipo de festança. Irerê não precisava deles, a loja estava cheia de moço sacudido e disposto a regar sem medo as pernas da patroa. Era discreta e se virava.

Foi então que ela achou que a velha casa da família era pouco. A cidade crescia pelas bandas da curva do rio, lugar de enricado, e era lá que ela queria ir também. E nada de casa que isso era coisa antiga, cheia de galinha e mato, ela queria era arranha-céu, edifício alto com nome pomposo, de vidros azuis que faiscavam ao sol do meio-dia, elevador, *playground*, tudo o mais a que tinha direito. Nabor e Samir ainda tentaram argumentar; tinham nascido ali, gostavam do bairro, tinham amigos, e a loja ia ficar distante. Irerê ameaçou de ir embora; levava Ozair, que filho dela não era para se meter com gentinha, e distância não era problema, bastava contratar um motorista, mais um carro importado, e tudo se resolvia. Os dois abaixaram as orelhas e viram que não tinha jeito. Irerê perdeu-se na preparação do novo apartamento. Contratou decoradora. Uma loura de boca grande e sorriso solícito, cheia de entendimentos e elegâncias que foi logo lhe tascando tapetes peludos, sofá de couro branco, enormes poltronas vermelhas e aveludadas. Mesinhas para cá e para lá, muito vidro; os cromados não podiam faltar, almofada de tudo quanto é cor, quadro de queimada na parede, negro velho com pito, anjo barroco, até um santo enorme, chegado lá de Minas Gerais ela achou. Irerê, embevecida com todo aquele luxo, vivia em êxtase. As cortinas de seda, em profusas camadas *ton sur ton* deviam sempre permanecer fechadas, quem quer paisagem de rio e floresta? Isso era coisa para se esquecer. Pelos cantos, palmeiras e bambus artificiais, importados da China, pois planta só de plástico, não dá trabalho e é muito mais chique. Rede, nem pensar, era coisa de índio. Os velhos que se acostumassem nas camas. No quarto dela tinha de tudo, colcha que se derramava pelo chão, abajures rosados, e a decoradora, muito competente e sofisticada, espalhou pelas paredes espelhos venezianos, falsificados, entulhados de arabescos e enfeitados com molduras rebuscadas e douradas. Era a última moda. Para finalizar, um *closet* enorme entupido de armários, armarinhos e armariões, tão grande que uma família inteira poderia viver lá. Ar-condicionado gelando tudo, um leve cheiro de floral no ar; Irerê viveria na sua Miami particular, que isso era modernidade, e ela fazia questão. E Ozair iria aprender o que a vida tinha de bom.

Chegou a hora da mudança. Estava tudo pronto e nos trinques. Dos móveis antigos e sólidos, trazidos da Europa pela defunta sogra, coisas da família, ela não queria nem ter notícias. Para o apartamento novo mudaram-se só com a roupa do corpo, e olhe lá. Os dois velhos ainda tentaram salvar alguma coisa, ao menos os livros do pai, que fora um homem metido a letrado, mas Irerê arrepiou. Que coisa mais cafona essa de livros. Na casa dela o máximo seria a lista telefônica. E isso mesmo porque não podia dispensá-la. Samir e Nabor se conformaram e passaram a perambular perdidos pelas salas, não sabiam onde por os pés, que aquele chiquê todo não combinava com eles, acostumados a pisar em chão de ladrilho, sentar nas antigas poltronas e deixar a vida correr sem muita canseira.

Irerê regalou-se. Se já achava a vida boa na rua do porto, na nova era rainha. Botou meia dúzia de empregadas, a velha Raimunda foi abandonada na casa antiga. Reformou ainda mais o guarda-roupa, comprou calça *jeans* apertada de bordados e vidrilhos, vestidos de alcinhas, diáfanos e de barra cheia de bicos, mais colares e penduricalhos, pulseirinha na canela, sandálias de plataforma, anelzinho para o dedão do pé, um espanto.

Ozair deslumbrou. Com a meninada do prédio ainda era tímido, que aquela gente era metida a besta, uma molecada taluda que mangava dele. Mas devagar foi se enturmando e de vez em quando trazia um amiguinho, metiam-se no quarto de brinquedos, que ali tinha tudo. Era tambor e carrinho, jogo de *videogame*, uma parafernália que rangia, guinchava e tocava música. Um dia Ozair encasquetou que queria uma boneca, das grandonas, que dizia papai, mamãe. Nabor ainda tentou argumentar que isso não era coisa de macho, mas Irerê foi taxativa, isso era preconceito de velho que não entendia das mudanças do mundo. Se Ozair queria, o pai que providenciasse. E das grandes, da melhor que existisse. A boneca veio; primeiro uma, depois outra; os carrinhos foram abandonados e quando se viu o menino ficava horas entretido, cortando e recortando uns retalhos e vestindo as bonecas de fadas e princesas, com saias cheias de estrelas e penachos na cabeça.

A vida não dava folga para Irerê. Agora era um viajar, comprinhas no Rio de Janeiro, férias inevitáveis em Miami; a loja ia bem, obrigada, tinha até crescido, mais duas filiais, vento em popa, que de boba ela não tinha nada. Sabia desfrutar o gozo, mas o olho ficava preso na caixa registradora.

O tempo passou. Quem morreu primeiro foi Samir. Não se sabe se foi de tristeza ou de doença, só se sabe que, sem mais nem menos, amanheceu duro na cama, de olho ainda fechado como se não quisesse dar trabalho para ninguém. Vivia desesperançado, não encontrava lugar, tinha saudade da loja e do cantar dos grilos, da casa antiga, do chão de ladrilho e do cajueiro e do igarapé do quintal. Andava pela casa igual assombração, parecia que morrer foi a saída que encontrou. Foi um baque para Nabor. Viu-se sozinho no mundo, que aquela vida que levava também não era dele, era emprestada. Mal se lembrava dos tempos do barco no rio, das intermináveis conversanças nas rodas de amigos; tudo já lhe esmaecia na memória, trocava o nome das coisas, tropeçava na solidão. Trazia já o corpo curvado, um olhar catacego preso no horizonte, uma espécie de espera do não se sabe o quê. O dia em que entrando no quarto de Ozair deu de cara com o menino vestido nas roupas da mãe lambuzado de batom e tropeçando no salto alto, Nabor sentou-se e chorou. E chorou tanto que não parava mais. Irerê até sentiu um aperto no peito, que mal agradecida ela não era. Mas não podia viver nem receber suas visitas com aquele velho se desmanchando em cachoeira noite e dia sem parar. Tratou de levá-lo até a casa antiga e instalou-o lá com uma empregada que tinha ordem de cuidar dele. Mas o velho não parou de chorar e dias depois foi encontrado morto, embaixo do cajueiro do quintal com as últimas lágrimas ainda molhando o lenço que agarrava nos dedos.

Com Nabor Irerê enterrou o resto das suas lembranças, botou uma pedra pesada em cima. Nabor e Samir, sepultados lado a lado, como tinham passado a vida.

Irerê nunca se casou. Viveu sempre brilhando, madame até a raiz dos cabelos, ocupadíssima com seus afazeres, suas lojas e suas beneficências. Quando o tempo cobrou seu preço, ela cobriu-se de Botox, repuxou o que podia, empinou o corpo e reformou o guarda-roupa. Ozair acabou por ir para o Rio de Janeiro. Coberto de lantejoulas, foi destaque de escola de samba, costureiro de algum renome, e nunca mais voltou.

Caipora

Ai mãe que vi caipora, que tinha língua de fogo, de fogo que arde a carne, a carne que abre as pernas, me espinha toda e jorra de gozo. Ai mãe que sina bendita, no olho da mata escura, bem escura, tão escura quanto o mundo, ele tinha pêlo no corpo que roçava minha pele, lambia o bico do peito, rodava no meu umbigo. Pele pêlo pêlo pele, que encosta nas maciezas, dá um arrepio na nuca, tirita de febre as partes, vai tangendo no meu peito, vai subindo igual formiga, vai entrando nos buracos, vai bebendo minha fonte, nos alagados do rio, no prenhe gordo da terra, acuando os escondidos, escarafunchando os guardados, abrindo todos os potes, derramando minhas águas, encharcando minhas coxas, lambuzando meu desejo. Ai mãe que vi caipora, me virando pelo avesso, me fazendo trás pra frente, engolindo meu segredo.

JOCA

Ele era um homem de pouca falação e pouco riso também.

Trabalhava no escritório do cais do porto, servicinho mambembe e corriqueiro. Sua mesa, isolada a um canto, era sempre arrumada, nunca nada fora do lugar, nem um papelzinho solto. E ele era como a mesa. Sem cor, ordenado e mergulhado em silêncio.

O chefe era um orelhudo sorridente, que vivia correndo atrás de rabo de saia. Entre uma e outra só lhe dizia:

– Carimbe, Joca, carimbe. – E Joca carimbava.

E de carimbo em carimbo ia passando a vida, todo dia mais soturno, todo dia mais sozinho.

Era feio, coitado. Espichado, uma cara comprida, cabelos repartidos de lado maltratados e grudados na cabeça, uns olhões míopes e tristes, os pés estranhamente virados para fora. Magro de dar dó. Usava umas camisas brancas já puídas, muito limpas, lembranças de dias melhores. Do tempo que a mãe ainda era viva e cuidava dele.

Depois que ela morreu, vendeu as sobras e foi morar na pensão perto do mercado. Lugar escuro, quarto de fundos. O mobiliário era tão feio quanto ele; a cama patente estreita, uma cadeira cambaia, um armário com duas portas que rangiam. Ao centro uma mesa pequena, coberta de oleado, um copo embaçado e uma moringa, um quadro de santo na parede. Durante a semana inteira ele se esgueirava. Ao anoitecer, pendurava o terno surrado, o colarinho postiço, meia hora absorto deitado de barriga para cima lendo uma Bíblia surrada. Adormecia, e era tudo.

Dia seguinte se repetia.

– Carimbe, Joca, carimbe. – E Joca carimbava.

Fim de semana ele botava a camisa menos ruim, calçava umas botinas luzidias e apertadas, e ia para a gafieira.

Tímido, andava por ali como quem não quer nada, se enfiando pelos cantos, rodeando a orquestra, até que alguém o convidava. Subia ao palco desajeitado e vermelho, mas, quando o pistom lhe zumbia na boca, ele se transfigurava. Virava deus alado; lancinante, subia aos céus e descia embalado, pairava no ar, cuspia estrelas.

Enfim: um portento!

Nessa vida ele ia. Carimbava a semana toda e aos sábados voava.

Um dia, em um gemido mais agudo do pistom, ele subiu e não desceu.

Virou anjo.

As calcinhas da Dagmar

Ernesto andava encafifado. O que Dagmar estaria fazendo pelas tardes?

No mês anterior ele viera pra casa mais cedo, e ela nada. Apareceu depois das seis, com um jeito meio sonso, explicando que a tia, que morava nas lonjuras do igarapé do Raimundo, está doente, sabe amor, é aquela gastura danada que ela costuma ter, diz que é um nó nas tripas, uma ânsia que vem subindo... Subindo... Ernesto pediu que parasse por ali, quem já estava com ânsia era ele. Dois dias depois precisou vir apanhar um documento fora de hora, e Dagmar? Nada. A casa afogada no perfume dela, mas de resto era só silêncio. Ele veio e foi, e a noite não comentou o fato. Desse dia em diante dava umas incertas; uma vez era que a cabeça doía, vinha atrás de um analgésico; na outra, mais uma desculpa esfarrapada qualquer. E de Dagmar, nada. Ernesto já estava com a pulga atrás da orelha.

Num dia desses em que ela não estava, ele precisou de uma papelama que guardava em cima do armário do quarto. Subiu e estava remexendo por lá quando percebeu alguma coisa escorregando atrás do móvel. Praguejando, tratou de ir ver o que era e pasmou. Numa caixa enrolada em papel de seda e com um perfume carregado, Ernesto encontrou uma profusão de calcinhas, cada uma menor que a outra.

O que era aquilo?

Passou a vigiar a mulher. Andava aflito, inseguro, telefonava pra casa de meia em meia hora. Zé Mário estranhava o amigo. Na repartição a hora do café sempre tinha sido sagrada. A turma se reunia, era o cigarrinho, falar de futebol, da mulher alheia, da gostosona da sala vizinha. Deu? Não deu? De quem é a vez? Ernesto era o mais animado. De uns tempos pra cá ficava meio aéreo, era sempre o primeiro a voltar para sua mesa e quando se via estava já ao telefone. Um dia desabafou:

– Tenho certeza, Zé. Tem boi na linha. Olha lá, o telefone não atende. A vagabunda deve estar por aí...

Zé Mário desconversou. Que ele deixasse disso, Dagmar sempre fora a esposa-modelo. Mas Ernesto balançava a cabeça.

– Foi, Zé... Foi... Hoje em dia não pára em casa, diz que vai aqui e ali, mas anda pelo cabeleireiro e dia desses achei enfiada atrás do armário uma caixa com umas calcinhas daquelas... Daquelas, Zé... Calcinha de puta!

Tanto Ernesto reclamou, disse e não disse que Zé Mário, um dia perdendo a paciência, sugeriu:

— Por que você não contrata um detetive? Ao menos resolve isso, e pára com essa agonia. Quer? Te dou o endereço de um lá na rua do porto. É zás-trás.

Ernesto pensou, pensou e achou que aquilo seria demais. Detetive era coisa de novela, lá ia ele se meter a ridículo? Zé Mário estava dizendo besteira. Mas não conseguia sossegar. Mal chegava em casa, a mulher na rua, ele ia atrás do armário. Abria a caixa, e as calcinhas lá. Punha-se a admirá-las. Já as conhecia todas, era íntimo delas. Sua preferida era a de oncinha, mas a vermelha cheia de brilhos não lhe ficava atrás. Tinha que elogiar o bom gosto da Dagmar, lá isso tinha sim. As calcinhas eram um primor, de fazer inveja em odalisca; laços e rendas, tudo em um trapinho mínimo, que, se ele se lembrava bem da bunda da mulher, aquilo não cobria nem o principal. Botava a caixa em cima da cama e ia com os dedos escorregando na seda. Suspirava. Pensou na loira da esquina metida na de oncinha. Arrepiou. Com a *pink* vestiu a morena, mulher do dono da mercearia. Coisa de doido. E assim ele ia vestindo, uma a uma, todo o mulherio conhecido. Fazia uma orgia danada. Ficava exausto.

Depois de uns tempos Ernesto rezava para chegar em casa e não encontrar Dagmar. O que queria mesmo eram as calcinhas. De vez em quando uma sumia, ele dava pela falta e ficava aperreado. Tinha vontade de socar a mulher, como ela se atrevia? Ralava-se de ciúmes. Das calcinhas, não mais da Dagmar. Quando aparecia uma nova, fazia festa. Por dias seguidos ela era sua predileta, alisava e cheirava, se babava todo, lhe sussurrava obscenidades. Começou a ficar conhecedor, sabia da qualidade e da textura, era exigente, que porcaria não lhe servia.

Parou de reclamar com Zé Mário, que deu graças a Deus. Mas que também começou a estranhar o amigo; andava febricitante, de vez em quando não falava coisa com coisa, emagrecia, vivia aluado.

Um dia Dagmar apareceu com uma história. Ia voltar a estudar. E você acredita, Ernesto, meu bem, que só encontrei vaga à noite? Agora se embonecava toda, deixava o jantar na mesa, e ele que se arrumasse. Nem bem ele chegava em casa, ela saía. Ernesto dava graças a Deus. Tinha mais tempo para as calcinhas. Nem jantar jantava, que era para não perder tempo. Contava e recontava todas, espalhava pela cama e rolava nelas, beijava e se perdia. Se encontrava um vidrilho solto ou uma rendinha mais frouxa, ele ia cuidadoso, agulha e linha em riste, costurando daqui e dali. Tinham que estar perfeitinhas.

Em um sábado à tarde, deu-se o drama. Ernesto chegou do futebol, e Dagmar fazia as malas. Sem explicar muito, ela foi dizendo que ia embora; o casamento acabou, ela sentia por ele, mas a vida tem dessas coisas. Aturdido, Ernesto viu a caixa ali ao lado da mala que a mulher arrumava. Dagmar que fosse para o diabo que a carregue, mas as calcinhas não, ele não podia viver sem elas. De um arranque ainda tentou explicar, se é que explicação havia, mas percebeu que não tinha jeito, que lhe iam as calcinhas pelo mundo. Desesperou. Providencialmente o telefone tocou na sala, e ela foi atender. Ele meteu a caixa embaixo da cama. Era o táxi. Dagmar fechou a mala, deu adeus e partiu.

E Ernesto salvou as calcinhas. Um dia, folheando uma dessas revistas de sexo, encontrou lá um anúncio de bonecas infláveis. Estava lá, tudo explicadinho: "Becky, linda boneca inflável com seios fartos, boca penetrável, vagina e ânus em *skin*, possui cápsula vibratória multivelocidade e ainda geme de verdade. Ela está sempre a sua espera.... Ernesto delirou. Ali estava a felicidade. Que diabos será esse *skin*? Mas não importava. Analisou e analisou. Com uma dessas, quem precisaria da Dagmar? Ligou para a loja e soube que estavam em promoção. E, quando o vendedor lhe perguntou se preferia loira, morena ou ruiva, ele riu e comprou todas. De quebra também uma mulata, que era para variar mais.

Daquele dia em diante Ernesto foi um homem feliz. Tinha seu harém e se divertia. Após o jantar, um copo de vinho na mão, olhar de conhecedor, ele fazia a escolha da noite. Da boneca e da calcinha. Cada dia era uma. E o melhor de tudo era que nunca uma delas reclamou.

A CUNHÃ QUE AMAVA BRAD PITT

Você pode pensar que Luzilene era uma cabocla graúda, dessas que enche os olhos e escorre pelas pontas. Errou. Não era. Miúda, de mãos e pés pequenos, mas que pisavam firmes e sabiam bem aonde a levavam. E levavam com um balançar enfoguetado, os cabelos escorridos lhe ondulando pelas costas e na deslizança dos ombros. Pele cetinosa, boca bem-feita de pedir beijo, um olhar ingênuo, mas que bem no fundo espelhava algumas sabedorias. Essa era Luzilene, e que não se engane você com sua pequenura de menina. A meninice até não estava longe, mas era mulher feita e já tinha experimentado as coisas da vida.

Morava num flutuante no Tarumã, desses de onde a criatura sai de manhã e não sabe se encontra quando volta. Um irmão pequeno e doentio, a mãe já gasta na pedalagem da máquina de costura. Essa era a família de Luzilene, e ela os amava. Com o tempo e as juntas duras, a velha tinha diminuído o ritmo dos pedais; Luzilene virou arrimo de família e disso fazia orgulho. E, por menos que tivesse, vivia numa alegria alvorotada que sabia tirar o bom do menos que a vida lhe dava. O espaço no flutuante era pouco, mas ela armava sua rede a um canto protegido das vistas por um pano pendurado meio de través e tinha as paredes cobertas de fotos de Brad Pitt, que era o seu ídolo. Ali se quedava no mormaço dos domingos, quando a mãe visitava a parentela e levava o menino. Luzilene ia, no balanço moroso da rede, se enrolando na loirice do moço, no azul sorridente dos olhos e quando se via estava ela lá, toda pasmada com o que não tinha e não podia ter. Quando a velha chegava, ia tapando a boca do guri, que não incomodasse a irmã, mas nem precisava. Luzilene não ouvia nada, a não ser um sussurro de pé de orelha; sentia um bafo na nuca que lhe embalava o devaneio. Aquilo tinha começado numa tarde de folgança em que foi ao cinema com Silvelena. Até nem queria ir, mas estava de bubuia e a amiga acabou arrastando. Foi e deslumbrou. Quando bateu o olho, no escuro, na belezura do Brad, foi tiro e queda. Ali mesmo ela pasmou, chorou de amor. Achou lindo igual anjo de igreja, e quando aparecia de pertinho, com aqueles olhos da cor do céu, parecia que olhava para ela. E ela se desmanchava. Por uns dias

Luzilene grudou no cinema. Enquanto o filme não foi embora, ela não saiu de lá. E, quando foi, chorou descabelada, ai que o amante lhe fugia. Juntou todas as fotos que conseguiu, cobriu as paredes da casa, e nessa vida ela ia.

Levantava ainda antes de o sol iluminar a água, que de preguiçosa não tinha nada. Lavava-se no rio, ao pé da porta da cozinha, tomava banho com as estrelas. E com o brilho delas no corpo escovava a cabeleira, vestia-se como podia e lá ia ela, cheia de sacolas para o centro da cidade. Carregava consigo uma enxurrada de panos de prato, toalhinhas de crochê, tapetinhos de banheiro e outras quinquilharias. A mãe recolhia os trabalhos nos avizinhados, e Luzilene vendia aquilo em uma banca da praça, em frente da loja do seu Jeru. Não podia reclamar, pois clientes não lhe faltavam. Difícil voltar para casa à noite com alguma sobra. Se o dia não fosse bom, se ainda tivesse um paninho, era só procurar o velho. Entrava na loja, ficava pelos cantos até ele se aperceber dela. Aí ele arrematava as sobras, era generoso, não sovinava. Como amor com amor se paga, em troca, ela, com cara de quem não quer nada, metia-se pelos meandros da loja e logo chegava aos fundos. Atrás de uma pilha enorme de sacaria, longe das vistas, o velho Jeru se achegava de manso e a bolinava um pouco. Luzilene fechava os olhos, sonhava com Brad Pitt e escorria nos dedos do velho. E isso era tudo. Uma troca que lhe convinha, pois lhe poupava trabalho e ainda lhe dava uns trocados. E o velho ficava feliz em ter a cunhã nos dedos; sua idade era chegada e já estava de bom tamanho.

Luzilene guardava o amor como um tesouro. Nada de enredar coração, trocar juras, sofrer de amor e dor por dá-me lá aquela palha. Nada disso. Em tudo o mais ela se divertia; homem não lhe faltava, a oferta era grande, que o olhar pidão da moça incendiava a praça toda. Mas amor não, amor verdadeiro, daqueles de deixar o mundo revirado, esse era para o Brad Pitt que ela amealhava. E que um dia ele viria, disso ela não duvidava. Tinha fé. Claro que viria. E ela estaria ali, e ele haveria de gostar. As amigas riam dela; paixão era coisa boa, um tremelicar das pernas, um estrebuchar de coração. Mas paixão ali, no duro, olho no olho, mão na pele, cheiro a cheiro, uma gostosura. Mas Luzilene nem ouvia e também não explicava. Dava de ombros e saía, ia vender seus bordados e sabia que mais dia menos dia a coisa ia acontecer.

Enjeitou muito moço bom, podia amaridar-se fácil. A mãe dava conselho, mas de nada adiantava. Naquele apoucado de vida o que viesse era lucro, dizia ela. Luzilene aperreava, que a mãe não entendia. Com gente desse qualitar ela não se enredava. Não que fosse desmerecimento, longe disso essa idéia, mas não conseguia gostar, aquilo era coisa dela. Coisa de coração. E em coração não se manda. Queria era o leite da pele muito branca, o azul de sanhaço e a boca de fartura do Brad. Isso é sandice de lesa; você bote tento na vida, essas coisas não existem. Luzilene batia o pé.

Existe sim, você que não entende de amor. E saía de casa muito tesa, de cabeça alta em uma suspiração danada. A velha ficava a esbravejar e escarafunchar a cabeça para descobrir de onde a filha tirara aquilo. E enquanto costurava ia resmungando e olhando arrevesado para as paredes cobertas de fotos do moço. Aquela ilusança toda ainda não ia acabar bem.

O tempo passou, e Luzilene na espera. Que o dia ia chegar ela não duvidava, mas vez em quando batia uma desesperança, um medo que a mãe pudesse ter razão. No entanto, pelo sim pelo não, o amor estava lá, entocado. O que era da onça ninguém ia comer. Pretendente não faltava, mas tinhosa ela era, sim senhor. Tinhosa para negacear, com um balançar de cabeça que, se não era um sim, um não também não era. Era esperta. Escolhia. E do seu jeito, das suas conveniências. E o que abria era só as pernas, porque o coração permanecia a sete chaves. Ia daqui e dali, enfim se resolvia.

O desfecho se deu no ano em que as chuvas vieram com tudo. O Negro subia e estrugia, torvelinhava endoidecido, era água que não acabava mais. O tempo das chuvas era sempre assim, apareciam igarapés aos montes, as beiras inundavam, a bicharada se precavia. Na cidade mal cuidada os esgotos transbordavam, a lama tomava conta e não havia quem vencesse. Pela manhã se passava no seco, à tarde se chapinhava n'água. E esse ano estava demais, era se recolher e esperar. Naquela tarde de domingo a coisa prometia ser das bravas; estrondear de trovão e coriscos cortando o ar. O céu escuro parecia desabar sobre as águas, apertando o rio, tocando nele como em paixão de amor. O ar ficou acinzentado, difícil de respirar. Passarinho recolheu-se sem piado, as pessoas, prevenidas, trataram de se enfiar porta adentro, recolher os pertences, juntar a família e se preparar para o pior. A cada relâmpago, um trovão, e um mais ensurdecedor que o outro. Como sempre, a energia elétrica se foi, e a cidade às escuras aguardava o acontecer. Pelas vidraças cerradas se via o tremelique de velas, ouvia-se um zumbido de rezação, que na hora de apertura todo mundo vira crente, de mãos postas e joelho no chão.

A mãe de Luzilene tinha saído pela manhã em visita a uma parenta doente do outro lado da cidade e, por cuidadosa, resolveu por lá ficar mesmo, que não ia se meter embarafustada em toda aquela fúria das águas. Agarrou-se ao terço, que São José protegesse a filha e o flutuante.

Dizer que Luzilene percebia o que estava acontecendo seria mentir. Passara toda a tarde derreada na rede e não via o mundo estrondando. Só o que estrondava para ela era o tique-tique do coração embebedado de amor. Silvelena tinha lhe presenteado dias antes com um pôster enorme em que o loiro dos sonhos aparecia de corpo todo, tamanho natural, essas coisas. Andava enrabichada pelo porteiro do cinema e em uma das visitas à casa dele encontrara aquilo.

Lembrara da amiga. Luzilene ficou sem fôlego. Brad Pitt inteirinho! Tratou logo de colar aquela maravilha bem diante da rede, e aquele domingo era especial. Tinha levantado cedo, cumprido suas obrigações e mal conseguira esperar a mãe sair. Quedou-se ali, deslumbrada e enlanguescente, sem ver o tempo passar, sem se aperceber das acontecências que o céu aprontava para o mundo. Nem quando a água finalmente caiu e o flutuante corcoveou ela tomou tento. Parecia-lhe que aquele tremelicar era o groguear do desejo, do olho do moço bonito, da quentura que tinha entre as pernas. Quando o flutuante num tranco mais forte soltou-se da poita e danou a galopar rio abaixo, ela viu, com olhos esgazeados, o moço, sem pressa nenhuma, desprender-se da parede e ir tomando chegada. Veio de manso, sorrateiro, o azul do céu se esparramando, fugindo dos olhos dele. Na hora em que o candeeiro se desprendeu da parede e cuspiu um mar de fogo, Luzilene tinha a pele arrepiada e mergulhava no iludimento. No ar tremeluzindo, se era homem, se era Boto, ela não se perguntava. O que queria eram aqueles dedos de leite lhe tocando o corpo e a boca vermelha lhe bafejando a nuca. O rio rugia e carregava o flutuante, igual tocha acesa em procissão de santo; Luzilene não via nem ouvia nada. A cada rodopio das águas ela soltava um suspiro. E o Boto enganadeiro foi tomando o que era seu, a cada gemido um soluço, a cada roçar um lamento, a cada afogar um ai.

IFIGÊNIA

Quando D. Ifigênia morreu, a família levou um susto. A pobre Ifigênia, como todos a chamavam, na verdade lhes fez uma surpresa. Passara os últimos quarenta anos de vida de casa para a igreja e da igreja para casa. Beata das mais respeitadas, quem chegasse, fosse que hora fosse, a encontrava vestida de preto e de terço na mão, com aquele sorriso iluminado dos que vivem em conversa constante com o mundo lá do céu. As imagens de santo espalhavam-se pela casa; tinha de tudo quanto é gosto, desde uma Nossa Senhora pisando em cobra até um São Judas Tadeu tão grande e perfeito que parecia pronto a trocar uma palavrinha com um passante distraído. De quadro da Santa Ceia tinha coleção. E no quarto, no canto, um Sagrado Coração enorme que de olhar para ele já se começava a chorar e se arrepender dos pecados que se tinha e dos que viriam no futuro. Dos móveis antigos, das poltronas preciosas e mesas de mármore estrangeiro, coisa boa, que o pai tinha sido um ricaço, a mãe uma madame prendada, não sobrava nada pela casa. Só o essencial. O resto estava metido no sótão, que supérfluo era pecado; dessas coisas não se precisa, serviam só para tentação. Das baixelas e porcelanas, fizera presente, que sobrinho não lhe faltava. Vivia ali, asséptica, tudo muito limpo e esfregado, pois, se Ifigênia era santa e sorria para Deus, com Doró, cria da casa, tão velha quanto ela, bem sabia dar ordens e ter suas exigências.

Os sobrinhos pecadores corriam dela como o diabo da cruz; arre, que tolerar a velha era coisa só para santo mesmo. Ficava cada dia mais rabugenta e além disso ninguém suportava tanto Creio em Deus Padre e Salve Rainha.

Na mocidade, diziam, tinha sido uma beldade; não casara, ninguém sabia o porquê. Pelo palacete da beira do rio tinham passado os melhores partidos da cidade, pobre ou rico, bonito ou feio, alto ou baixo, moreno ou louro, e ela nada. Rejeitou um a um, sem pena, e ainda fazia pouco caso. Dava de ombros e mal olhava o coitado, que saía desenxabido. Diziam que ela dava corda só para mangar deles até chegar a hora do pedido. Aí fechava a cara, e nada desse mundo a convencia.

Quando o pai morreu, Ifigênia já andava pelos trinta anos; passou a morar sozinha e disso não abrira mão. A cidade estranhou, que aquilo de moça solteira, sem família, largada ao deus-dará não era coisa muito nos conformes, mas ela calou a boca de todo o mundo. Depois de um tempo, a vizinhança só lhe tinha elogios; dava esmola, prato de sopa, e vivia metida em casa, que ninguém jamais a tivesse visto de riso solto ou olho mais corredeiro. Vestia-se discretamente, gola fechada no pescoço, saia no meio da canela. É moça pia – dizia a vizinha da frente –, à noite a casa escurece cedo. Não perde missa, e toda tarde está na reza.

Uns anos depois Izilda, a irmã mais nova, ficou viúva e insistiu com a mana para que viesse morar na casa dela. Que vendesse o palacete e juntassem a solidão. Mas debalde. Efigênia gostava daquela vida que levava. Crianças a atordoavam, já era tarde para se acostumar com aquilo. Quando Doró morreu houve quem se preocupasse: – A pobre Ifigênia não pode morar sozinha nessa idade e naquela casa enorme. De nada adiantaram as boas intenções da família, ninguém agüentava a velha. Tentaram dama de companhia; meia dúzia passou por ali. Mas não havia quem ficasse nem para completar mês; ela ranhetava, implicava, tanto fazia e aprontava que a boa samaritana acabava por não agüentar mais. E ela da casa não saía; aqui nasci e aqui vou morrer. Izilda teve que se conformar; mandava todo dia uma marmita, lhe enchia a geladeira e cuidava que a casa fosse faxinada de vem em quando.

Ao completar oitenta e cinco anos, estava quase cega e surda, claudicando pelos cantos; os sobrinhos puseram uma enfermeira, meio na marra, que queriam ao menos aliviar um pouco a consciência, mas era um Deus nos acuda. A velha implicava com essa e aquela, botava defeito em quem não tinha nenhum. Morreu logo depois disso, para alívio geral.

Dela mesmo, das suas intimidades, se sabia pouco. Mesmo para a família sua vida sempre fora trancada a sete chaves. Nas suas noites de bebedeira Odorico, o cunhado falecido, destravava a língua e gostava de lembrar da Ifigênia do passado. Dizia que era bonita, e que de santa não tinha nada. Virgem? Ele virava os olhos e ria. Mas ficava por aí. Izilda bem que tentava arrancar mais alguma coisa, mas o marido se fechava em copas. Ela sabia pouco da irmã. Bem mais nova, foi cedo para a capital, interna em colégio de freiras, e casou logo que voltou. A vida de Ifigênia era um mistério.

Agora que morreu, depois do corpo enterrado e a alma bem encomendada e despachada com segurança, os sobrinhos foram fazer o inventário dos guardados. Era cacareco que não acabava mais. Montanhas de quinquilharias, nada que se aproveitasse. No quarto dos fundos, embaixo de uma cama coberta de livros de vida de santo, caixas de folhinhas antigas, santinho de velório, batizado e casamento, terços enferrujados e fitas azuis de Filha de Maria, encontraram o baú.

Foi preciso arrombar.

Lá dentro, embrulhada em seda esgarçada e puída, estava a história de Ifigênia. Fotos e cartas, bilhetes, vestidos alegres, flores secas, rolhas de garrafa de champagne, perfumes envelhecidos e baratos. Um diário carcomido e de havia muito abandonado. Ali estava tudo escrito, tintim por tintim. A vida de uma mulher fogosa que saía embuçada todas as noites e ia dançar no cabaré mais distante. Fifi era o nome de guerra. Fifi, a dançarina mascarada. Nos antigamente Fifi era famosa, a cidade toda a conhecia. Dera muito o que falar à boca pequena, tornara-se uma lenda. Dizia-se que entre as coxas roliças de Fifi morava o paraíso. Muito homem de família, muito coronel, muita autoridade importante passou por ali, e ela sempre misteriosa, se vestindo de encarnado e usando máscara de veludo negro. A lista de nomes no diário era infindável.

Um dia Fifi sumiu, nunca se soube seu paradeiro. Muito se conjeturou, falou-se nisso até em mesa de jantar de gente distinta; na saída da missa, os figurões se consultavam. Nada. Era um dos mistérios da cidade. Ela desapareceu como veio, sem alarde e sem anúncio, escondida atrás do veludo negro.

Num canto, embrulhado em papel de seda cor-de-rosa e amarrado com uma fita que um dia já fora dourada, havia um maço de fotos e cartas de amor. Todas de Odorico, o cunhado.

As meninas

Dona Jucélia botou a sorveteria ali, ao lado da estrada. Foi esperta. Era um lugar de muita passagem. Embora a cidade fosse pouco mais que uma vila, estava crescendo e já tinha até seu turismo. Mambembe mas tinha.
— A gente tem que acreditar no futuro — dizia ela aos quatro ventos.
Tratou de se informar das modernidades e tascou tudo lá. O sorvete vinha no barco da manhã, chegava derretendo, indo para os balcões brilhantes e montes de baldes coloridos. O freguês tinha só que escolher em meio à variedade de sabores. Uma infinidade. E, ainda por cima, vinham as coberturas. Era apertar a bisnaga, e aquilo esguichava adoidado: chocolate, bauni-

lha, caramelo, e coisa que ali o povo nem sabia o nome. Confeito havia de toda cor: pequeno, grande, amarelo e encarnado. Até bolinhas prateadas e doces tinha. A brancura do chão e das paredes era fulgurante, parecia um templo, um disco voador despencado naquela miséria toda. Do pisca-pisca na fachada então nem se fala. De longe não se podia deixar de ver. Era impressionante. Na inauguração veio autoridade para bater no peito e fazer discurso de progresso, padre para jogar água benta; tudo a que dona Jucélia tinha direito. Encheu de criança de barriga d'água e olho grande do lado de fora, com cara aparvalhada, e o povo juntou na porta. Parecia o paraíso na terra. Um sucesso.

Daí para frente era só o trabalho de abrir a gaveta e contar a dinheirama, porque a vizinhança não tinha para a farinha, mas achava para o sorvete. Dona Jucélia foi logo tratando de arrumar uma curuminha magriça, cheia de pernas e dentes, dessas ligeiras e que dão conta do recado. O trabalho da gorda era mandar, e isso ela sabia fazer como ninguém. O dia inteiro era um limpa daqui, esfrega dali, lava copo, lava taça, recolhe o lixo, passa pano, dá um brilho no balcão, que aquilo era coisa moderna e tinha que ficar nos trinques. Era – Suélemmm – gritado de manhã até a noite. Esse era o nome da guria. A mãe, grudada na TV, que no barraco podia faltar penico mas TV claro que tinha, havia lhe dado nome de artista. A menina pelava de medo e se esfalfava; tudo por uns trocados e um sorvete ao fim do trabalho. Dona Jucélia, suada e resfolegando, um olho no dinheiro e outro na empregada, comandava melhor que general em quartel. O dia ia passando, o olho da menina crescendo, a barriga roncando, mas ela lá firme e forte, porque a hora do sorvete era sagrada.

Naquele domingo, o sol já estava caindo e dando clemência quando o caminhão parou à porta, chiando pneu e fazendo bonito. O motorista desceu e atrás dele surgiu uma guriazinha de corpo já formado, metida em uma saia rota e malfeita, uma blusa de pano fino que lhe marcava os bicos dos peitinhos púberes, um tremer e um olhar de bicho-do-mato. O seu jeito anunciava a infância assustada ainda lhe cheirando o leite no corpo, o riso tímido. Porejava constrangimento: o suar frio das mãos, o medo e a primeira vez. Entraram na sorveteria, ele na frente, gesticulando, falando alto, se esparramando e cumprimentando dona Jucélia com uma piscadela safada. Era um homem de lá seus quarenta anos, desses encorpados que todo o mundo sabe que arrota sem pejo, palita os dentes e cospe longe. Uma camiseta que um dia já fora branca lhe grudava na pele, deixando a barriga cabeluda e suada metade de fora. Barba por fazer, um cabelo engordurado de brilhantina, olhos porcinos e cúpidos, calça caída na pança e umas botinas lustrosas compunham a figura que, toda à vontade, riu pra uma dona Jucélia que acudia sorridente e pressurosa, pois freguês é freguês, sempre bem-vindo. E esse não tinha jeito de sovina.

A guria chegante aproximou-se do balcão e foi arregalando o olho, que ela nem nunca sonhara que aquilo tudo existia. A brilharia toda, o colorido, o perfume do sorvete. Só podia estar no céu. Quanto mais ela olhava, mais o seu rosto ia se abrindo, mais ela extasiava, mais paralisada ficava. O homem anunciou que ela escolhesse tudo a que tinha direito, sorvete e confeito; riu alto, bateu na barriga. Dona Jucélia, que logo entendeu a piscadela dele, também riu pra menina, toda enxerida. – Não se acanhe meu bem... Ah... Que menina bonita... – foi abrindo os vidros, oferecendo, exibindo, puxando a guria, que continuava muda, desacostumada com aquele dengue, que o mundo nunca lhe tratava assim. Suélem também achou esquisito aquele melado todo, mas não estranhava mais, que a gorda tinha voz para tudo, voz para agradar freguês e voz para lhe buzinar ordem.

A guria não sabia para onde olhar, não sabia escolher, sempre fora escolhida, não conhecia esses luxos. Ficou arfante, o peitinho pulando na blusa, o olho do homem brilhando, sua boca quase babava. Ele oferecia e ria, insistia mais, gesticulava no ar. – Vai, minha linda... Pega tudo o que quiser... Escolhe... É tudo teu... – e lhe alisava os braços, mãos afoitas e quentes. A cabeça da menina girou, pouco olho para tanta delícia, a fartura e a cor, todas essas bonitezas lhe subiam à cabeça, e lhe punham a rodopiar o juízo.

A boca encheu de água, ela tremia, ia de um pote a outro, não se decidia. Tudo era cor de desejo; desejo no confeito encarnado, na calda escura que escorregava devagar, desejo cortando o ar, ardendo na boca salivosa do homem, em suas mãos sôfregas, desejo no arfar de dona Jucélia, que quase gozava com isso, desejo de doce, de menina-criança, desejo de Suélem de fugir desse mundo.

A guria olhou para Suélem, e Suélem olhou para a menina.

Bem devagarinho, uma presa no olho da outra, quase se escutava, vindo lá do fundo das duas almas, um fio, um piar de passarinho, asa de beija-flor, borboleta. Vinha subindo um suspiro, um gorgolejo, um entendimento, uma aceitação do que as esperava, da vida e da sina. Os olhos das duas brilharam no entendimento, e um sorriso cúmplice lhes chegou à boca.

A guria, tímida, encheu a taça. Todas as cores se misturaram, derreteram, derramaram pelas bordas, pingaram pelo chão e se lambuzaram.

A registradora tilintou, e o homem riu.

O caminhão partiu chiando, e Suélem, de olho comprido, pegou o pano de chão e foi limpando.

Limpando e esperando a sua vez.

Josué

Na pensão em que morava, perto da praça, Josué era conhecido como Mudinho. Não que alguém tivesse coragem de dizer isso a ele, mas era o que corria à boca pequena. Também pudera! Morava ali desde que a pensão abrira – olha que isso tinha tempo –, e o mais que se escutou da sua boca era um boa-tarde ou boa-noite, meio sussurrado, mastigados entre dentes, ou um obrigado de vez em quando. Era alto, encurvado, os cabelos muito escuros, já um pouco ralos, pescoçudo; estava ainda na casa dos trinta e muitos anos, mas aparentava mais. A boca era chupada, lábios finos; diziam que tinha minguado assim pelo pouco uso. Tinha um olhar fugidio de bicho escorraçado, resultado de uma criação infeliz, de favor, na casa de um tio.

O homem tinha sido um sovina, criara o garoto no serviço pesado, tempo de brincar nem pensar, que a vida tem pressa; um dia depois do outro e perder tempo com leseira era coisa que ele não concebia. No começo Josué estranhara; vivia a chorar pelos cantos, com os ouvidos ainda escutando o piar da floresta, o converseiro de peixe, mas acabou acostumando porque não tinha onde cair morto e ali ao menos a sopa era quente.

Nascera no embrenhado da mata; a mãe, uma cabocla filha de seringueiro. Lá no fundo, guardado no balaio da lembrança, ele ainda escutava seu riso e sentia na pele o afago. Naquele tempo seu mundo era cheio de cores, a pena da arara una, o vermelho da flor do cipó, o azul sem igual do céu, o amarelo da onça pintada. Foi criado solto, tomando banho de rio, trepando em pé de cajá, se lambuzando nos alagados. Viveu assim até os sete anos. Um dia o pai passou por ali, viu que o filho era macho e resolveu levá-lo consigo. De nada adiantou o uivar da mãe, o homem pegou o guri, aterrorizado, botou na canoa e partiu.

Por uns tempos Josué perambulou. Nunca tinham pouso certo; um dia dormia exausto debruçado em mesa de boteco, esperando o pai que tinha ido com as putas; outro dia era sob o céu estrelado, encolhido no fundo da canoa, embalado pelo chiado do rio, que faça sol ou faça chuva continua correndo às vezes aperreado, estrebuchando e balançando os sonhos de embarcados. Quando o pai entornava a garrafa em roda de contador de causo, Josué prestava uma atenção danada. Era história de Boto e Curupira, de peixe grande e cobra-d'água, causo que deixava o menino hirto, com a imaginação correndo aos trancos. Sua cabeça se enchia de visagens e passava o dia embasbacado, de olho fixo na mata, estalando sob o sol forte que lhe comia os miolos. Espreitava Curupira, procurava a Iara nas curvas do rio, e em qualquer luzinha avistada na escuridão da noite ele via os olhos da Boiúna a persegui-lo.

Uma vez foram até a cidade grande e o pai visitou o tio. – Deixa o menino comigo, estou precisado de mãos e ele tem que aprender um ofício. – Josué se achegou ao pai, assustado. O homem riu e negaceou. Gostava do filho. Aprendera isso devagarinho; nas andanças todas era o seu companheiro, se entendiam em uma algaravia de necessitados, dizendo o que era preciso e guardando o resto no peito.

Um dia, ganhando no jogo, o pai em um rompante lhe comprou uma bola. Era daquelas de plástico, cheia de gomos, cada gomo uma cor. Era bonita, saltava alto e ele lhe tateava o colorido com os dedos pequenos, mas já recheados de solidão, de desamparo, de nem saber chutar aquilo direito.

Da outra vez que foi à cidade já estava lá pelos dez anos; tinha esticado, era desajeitado, uns olhões que grudavam em tudo, querendo engolir o que viam. As ruas estavam engalanadas; tinha estrela pisca piscando empoleiradas nos postes e o pai lhe disse que era Natal. O que isso significava de verdade nem o homem sabia direito, mas explicou ao filho como pôde e como a paciência deixou. Josué ficou apalermado quando viu uma árvore verdinha toda cheia de bolas de cores, fiapos de estrelas pendurados; aquilo faiscava. Era uma doidura, a coisa brilhava, tinha azul de céu de meio-dia, tinha o vermelho da flor do mato, o amarelo do sol a pino, o verde de folha nascendo. Até um roxo com cara de entardecer ele viu ali. Fascinado, precisou de um empurrão para sair do lugar e seguir andando. Não esqueceu mais. O resto do dia essa coisa de Natal não lhe saiu da memória. Que era isso que pingava brilho em árvore, criava vagalume em penca, era bonito de um tanto que ele sentia o coração apertar?

Pouco tempo depois o pai morreu, assassinado em briga de botequim. Um amigo, com pena do garoto, que tinha ficado sem eira nem beira, acabou por levá-lo até a casa do tio e Josué por lá se abrigou até lhe nascer barba na cara. Mas uma coisa aconteceu que não tinha explicação. Desde que o pai tombou, esguichando sangue e gorgolando o peito, a última cor que Josué viu foi aquele vermelho que jorrava alto. Um vermelho coruscante que lhe explodiu nas vistas e o deixou meio cego por três dias. E depois, quando lhe voltou a luz, o mundo estava preto e branco. Nada do verde da mata, do amarelo do sol ou do azulzinho do céu. Nada. Só um mundo sem graça, uma coisa sem cor, era isso que ele enxergava. E nem chorar chorou, porque não deu tempo. O tio mal viu o menino lhe deitou as garras; deu-lhe um quartinho de fundos para viver. E lá Josué cresceu, carregando peso pesado, obedecendo ordem sem piar, encafuado naquela imensidão, que era sua solitude e sua vida preta e branca. Depois que aprendeu a ler passou a ajudar na firma do tio, mas a vida não melhorou muito. Continuava no que era; virou escrevente, aprendeu a carimbar e para isso cor não lhe fazia falta. Quando o velho morreu, achou um emprego igual, juntou o que tinha e saiu a procurar uma pensão.

Dona Marlene, ao enviuvar, percebeu que ficara no ora veja. A idéia da pensão fora de uma vizinha. – Marlene, minha filha, essa casa é tão grande, porque não alugar quartos? – No começo ela relutara, mas depois, pensando melhor, achou que podia ser o jeito. Medo de serviço não conhecia; fora criada na labuta, embora tivesse tido bons tempos. A casa era assobradada, das boas, o finado tinha caprichado. Conseguiu quase enricar, mas acabou perdendo tudo, um pouco no jogo, um pouco com mulher da vida e quando morreu deixou a casa e uma aposentadoria tão minguada que a viúva tinha que contar tostão. O filho único tinha ido para Belém, fazia tempo, e de lá engajado em navio e embicado pelo mundo.

A idéia da vizinha ficou lhe dando revolteio na cabeça. Foi se aconselhar com seu Jeru, o dono da loja da esquina, homem entendido nessas coisas de dinheiro, que o juízo dela não era para isso. Não deu outra. Ele achou a idéia boa, ela podia ganhar uns cobres e ainda guardar algum, que do dia de amanhã nunca se sabe o que vem; o tempo caminha à larga e, quando a pessoa menos espera; é susto na certa. Convém estar prevenido, e um dinheirinho aplicado lhe daria mais conforto e segurança. Freguês teria muitos, porque por aquelas bandas só havia desguaritado de família; ele prometia recomendar o pouso para todo caixeiro viajante que passasse por lá.

Marlene animou-se. Tratou de ir preparando a casa, cômodo era o que não faltava. O sobrado era do tempo em que tudo era grande, nada dessa miséria dos dias de hoje; banheiros de tomar banho de verdade, grande e amplo, onde um cristão não precisava se bater em quina e andar de ré. Os quartos de teto alto com duas ou três janelas, salas e mais salas. Ela foi fazendo dois de um, mexendo daqui e dali e depois de um tempinho já estava com sete quartos bem acomodados só no primeiro andar; no térreo era o refeitório e suas acomodações, que afinal também era filha de Deus e não tem perna que agüente tanta subição de escada.

A pensão enxameou. Depois de um tempinho já tinha freguês saindo pelo ladrão. Dona Marlene dava preferência para os que ficavam para morar, que dessa coisa de entra e sai trazendo rabo-de-saia que se encontra em esquina ela não queria saber. A casa era limpa, o preço módico e a dona da casa amável, não havia como não gostar. Tratava bem os hóspedes, mas mantinha distância, evitando que os mais atirados tentassem arrastar asa para o lado dela. Dona Marlene não gostava de misturar as coisas. Era ainda uma mulher bonita; a maturidade lhe sazonara as carnes, um viço de fruta madura, muito doce e suculenta. Trazia sempre os cabelos escuros e encaracolados presos em um coque frouxo, e nem as roupas discretas conseguiam fazer de dona Marlene uma mulher despercebida. Era pequena, muito meiga e um pouco tímida; no rosto um ar de inocência que constrangia qualquer sedutor mais afoito e o fazia enxergar nela uma confidente e amiga.

Quando Josué veio para a pensão, ela gostou do jeito dele. Não era dado a enxerido, trazia a boca fechada, olho colado no chão, pagava em dia, não causava problemas. Entrava mudo e saía calado. Logo que vagou, lhe deu um bom quarto, ensolarado, com vista para a praça. Ele nem ao menos lhe agradeceu. Não que ela fizesse por isso, esperando reconhecimento, mas um sorriso agradável, um muito obrigado não lhe custaria nada. Mas o homem pareceu nem sentir. Não sabia Marlene que de nada adiantavam os enfeites, o explodir da cor das cortinas, o sol se derramando no chão. Nunca que podia imaginar que Josué vivia no lusco-fusco, no purgatório sem brilho do seu mundo preto e branco onde luz e cor não podiam penetrar. Marlene dava de ombros, quem dera os hóspedes fossem todos assim, se bem que falava à toa porque ali era um sossego. Ouvia histórias de outras pensões, calotes e anarquias, aquilo não acontecia consigo. Sua casa era pacata.

No térreo, logo no *hall* de entrada ficava uma porta que ela costumava deixar entreaberta dando para sua saleta particular, onde passava seus momentos de descanso: um sofá, uma TV, uma escrivaninha de jacarandá, antiga e das boas, onde trazia o controle da pensão sempre em dia. Tinha também uma pequena cozinha, onde fazia seu chá noturno e seu quarto amplo e claro. Sua vida era ali; a pensão só dava café da manhã e lá pelo meio-dia o serviço rareava. Só as arrumadeiras ultimando os quartos, uma ou outra coisinha extra, que ela aprendeu a resolver ligeira, e a vida se acalmava. À tardinha, pela porta entreaberta observava o voltar dos hóspedes; uns mais alegres e sorridentes, outros com caras exaustas e desesperançadas. Para todos tinha uma palavrinha, um encorajamento, um sorriso e um boa-noite. Menos para Josué. O homem a afligia. Não conseguia ler no rosto dele nada além de silêncio, um cumprimento mascado, às vezes nem isso. Ele entrava alheado que parecia nem ser desse mundo. Dona Marlene se recolhia; ser importuna não era com ela. Mas roía-se de curiosidade.

Naquele ano, dezembro chegou de repente; veio enrolado nas chuvas que desabavam noite e dia, alagando casas, subindo o rio, era água de dar gosto.

Não havia quem não reclamasse, tudo úmido, mofando; a comida embolorava, as roupas em varais improvisados, uma trabalheira sem fim. Josué, naquele seu mundo fechado, de pouco se apercebia; do tempo não via o enfarruscado do céu, o dia mais escuro não lhe dizia muita coisa.

Já meados do mês, numa tarde de domingo dona Marlene resolveu arrumar sua árvore de Natal. Vai que escolhe e escolhe onde vai colocar a belezura e se decide por um canto perto do sofá. Prepara as delicadezas, estrela de Belém no topo, engrinalda os galhos de fios prateados, as bolas coloridas e por fim aquelas luzinhas pequenas que comprou no camelô da praça. Tudo pronto, ela dá um passo atrás para admirar a obra. E então acende a árvore e queda-se em contemplação. É quando percebe Josué na porta. O homem vinha entrando e, de repente, a árvore se iluminou. E a cabeça dele estalou, deu um corrupio, um pinote, o olho arregalou, o mundo explodindo em mil cores, cascatas brilhando vermelhas, amarelas e azuis, a prata tremeluzindo e ele embasbacado olhando o esplendor, sentindo a alma derramar e sair voando pela boca. Era menino de novo, e a mãe lhe acenava. Bambeou nas pernas e nem sentiu quando dona Marlene, assustada com a cara dele, o puxou pela mão e o levou até o sofá. Ali ele embeveceu. Despencou a falar pelos cotovelos, coisas sem muito nexo, dizia das árvores da floresta, de flor que já era esquecida, da cor da arara una e do azulzinho do céu. Lembrou do prateado do rio, contou do sangue esguichando, da bola de todas as cores perdida pelos caminhos.

Falou e falou por horas a fio; desembuchou anos e anos de preto e branco, de conversa engasgada no gorgomilo, de tristeza do eu sozinho, disse de coisa que nem ele sabia mais. Quando a falação foi diminuindo, percebeu dona Marlene sentada ao seu lado. Estatelou. Grudou os olhos nela, viu a curva do pescoço, pressentiu as maciezas, o cheiro doce da pele, o arfar do bem-querer.

Pela primeira vez na vida Josué beijou uma boca de mulher.

Cantilena

    Marinalva, Marinalva, que teu fogo me consome, do eixo das tuas pernas me sobe um esquentamento que se espalha no meu peito, me afoga o respirar. De tuas ancas redondas sai um cheiro de jambu, um ardido de pimenta, um sufoco dos meus ais.
    Marinalva, Marinalva, sobe a barra do vestido, mostra as coxas, tremelicas, destroça o meu olhar. Quero os baixos do teu corpo, teu piar de passarinho, o estrebuchado do gozo no apalpar dos meus dedos, teu gosto de quero mais.
    Que as pitangas dos teus peitos me estalem de doce a língua, que tua boca formosa engula o meu chorar. Vem depressa, Marinalva, que fogo é coisa preciosa, vai que queimo, me ardo todo, nos quentes do teu olhar.

Marinalva, Marinalva, que teu ardor me consome, me esfola a pele do corpo, sobe a saia, Marinalva, e afoga meu penar.

Dorivaldo, Dorivaldo, que teu pranto me comove, do rijo do teu desejo me sobe um arrepio no peito, me conjura o respirar. Do calor que sinto tanto, do cheiro de sumidouro, do gorgolejo da boca vem um visgo de alcaçuz que persegue meu assombro até ele se finar.
Dorivaldo, Dorivaldo, ergo a barra do vestido, abro as pernas, grito alto, ofereço ao dedilhar. Que a baba da minha boca seja tão doce e certeira e o profundo da garganta engula teu espumar. E as pitangas dos meus peitos, que te espocam na língua quente, escorrem sumo, rilha os dentes, sejam teu alimentar.
Vou depressa, Dorivaldo, que a urgência do meu corpo é atender todo teu fogo até ele se espraiar. Na forquilha das minhas pernas, no estrugido do gozo, no penar da minha sina, vem comigo embebedar.
Dorivaldo, Dorivaldo, que teu fogo me comove, me enche de febre os baixos, subo a saia, escorro as coxas e recolho teu penar.

BRINCO DE MIÇANGA

Zé ia passando quando viu o brinco vermelho, pingente de sangue e desejo, misturado nas quinquilharias da banca da Nana. O mercado estava cheio; ele foi empurrando as gentes, se achegando, preso no brilho, tocou com o olho, foi escorregando devagar. Depois aproximou o dedo e titilou de leve, sorriso abrindo a boca desdentada. Tomando confiança, segurou a miudeza e trouxe pra mais perto. A cascata de miçangas vermelhas cintilou, o sorriso dele alargou-se. Ofegou, o coração deu um salto, sentiu a boca seca.

Nana deu o preço, ele revirou os bolsos, estendeu o dinheiro para a mulher e quando ela quis embrulhar Zé negou. Nana deu de ombros, cada um com sua querença, não fazia idéia de onde Zé ia com aquele mimo nem que tivesse a quem dar; a coisa não combinava com ele. Vivia por ali, de biscates, diziam que era leso; um dia carregava umas caixas de frutas, no outro desarmava uma barraca qualquer. Não se tinha notícia que ele tivesse mulher, mas essas coisas nunca se sabem, e ela já vira de tudo neste mundo. Tendo dinheiro para pagar, o brinco era dele e que fizesse bom proveito

Ele saiu trocando passo, levando o tesouro na mão fechada; de vez em quando parava, levantava a peça contra o sol e folgava jubiloso quando via o relampejar de rubi na transparência dos pequenos cristais. Atrás dele, como sempre, logo se formou o cordão de moleques, aos gritos, mas o homem não percebia nada. Hoje ele não ria nem brigava, não ouvia a zombaria, nem prestava atenção em apupo. Ia andando mergulhado no mundo à parte, que o tremelicar do vermelho o afundara, e de mundo à parte Zé entendia, morava em um, onde o riso era fácil e a vida passava sem pressa. Era conhecido em toda a região do porto; desde menino sem eira nem beira, nascido de Boto, enjeitado de mãe, motivo de riso, explorado aqui e ali, vivendo sem saber por que ou por onde. Nessa sina dos sem-rumo e sem-destino, ele foi crescendo, e juízo nunca lhe fez falta.

Empurrou o papelão que lhe servia de porta no barraco, um buraco que nem bicho visitava mais, mofado pelos cantos, a água da enxurrada lavando o piso em dia de temporal. Mas ali ele morava e fazia tempo.

Nas paredes sujas trazia grudadas as capas das revistas que apanhava pela rua, mulheres lindas, rindo com boca carnuda, cabelos de anúncio de xampu, vestidos cintilantes. Colava uma a uma; era sua família. Conversava com todas, brincava e mangava; não tinha preferida, eram amigas e confidentes. Para a loura ele costumava contar o dia, era a mais curiosa delas; a morena escutava calada, a ruiva, intrometida, logo tinha um palpite a dar. Viviam ali em harmonia, elas presas na parede, ele solto no mundo. Todas sabiam do amor do Zé por Maria do Socorro, e o consolavam na hora da tristeza, e folgavam com ele na hora da alegria. Quando o homem chegou com cara de mistério, um sorriso diferente, parecendo que o mundo era uma nuvem e vinha enrolado nela, as mulheres se calaram, que hoje ele não queria conversa.

Zé acendeu um toco de vela, puxou o caixote que lhe servia de cadeira até a mesa perneta do centro do barraco e sentou-se. Prendeu a respiração e abriu a mão devagar. A luz da vela coruscou nas miçangas. As mulheres na parede esticaram o pescoço e se ouviu um suspiro de admiração. Riram excitadas, quem dentre elas seria a favorita? Mas Zé estava surdo. Os olhos presos nas gotinhas vermelhas, a alma voando longe. Maria do Socorro, cunhã menina que ele viu crescer. Lembrava ainda dos tempos em que ela mal lhe alcançava a cintura, quando Etevaldo, o pai, voltava bêbado e armava o bate-boca; dona Martírio chorava e a palafita tremia. A curuminha, assustada, se refugiava na casa dele; o barraco era quase vizinho, ele considerado da família, a menina não percebia. Mas o fogo lhe consumia a vida; viu quando lhe cresceram os peitos, caroços de tucumã, que ele acariciava no sonho. Maria menina, de pele macia como terra fofa, com olhos de quem não sabia. Pensou no brinco balançando nas suas orelhas, no cabelo mais preto que a água do Negro, o desejo foi lhe subindo entre as pernas, era veneno que lhe apodrecia a vida.

Ali ele ficou até a vela derreter toda, o tremelicar do vermelho nos dedos sujos, o olho luzindo, a cabeça viajando no destrambelhado do sonho. Era um voar de passarinho que o coração ia junto atrelado, batia e resfolegava; o brinco tilintava e Zé cambalhotava na idéia, tiritava no desejo e arrepiava no corpo. Via Maria menina, macia e morena, toda nua e oferecida. E ele, pé ante pé, que era para não espantar a lembrança do que nunca foi nem nunca vai ser, ia lhe levantando os cabelos, resvalando pelo pescoço e prendendo na orelha aquela cachoeira de sangue. E quando ela balançava a cabeça a alma dele derretia e ia escorregando toda, luscofuscando perdida, como se o mundo embaçasse e a menina fosse feita de luz. Como quem reza para o santo com reverência de beato, ele estendia a mão e tentava tocá-la, mas ela sumia, desaparecia, e ele com a mão no ar, vidrado de amor. A lua veio e foi embora, o dia chegou rompendo claro e Zé ali estremunhado, a cabeça caída sobre os braços suados, a mesa perneta, o caixote velho, as mulheres mudas pelas paredes e ele cavalgando o cavalo desembestado da sua história encantada, da sua Maria, morena e macia.

O dia já estava caindo quando ele viu Maria voltando; passou na sua janela, e dali pra dentro foi um pulo. As mulheres na parede, caladas, testemunharam seu riso aberto, quando Zé lhe mostrou os brincos. A menina deu um suspiro fundo, o vermelho lhe refletiu no olho e ela estendeu a mão. Zé viu o arfar, o peitinho subindo, as gotas de luz presas nas orelhas, o balançar da cabeça, lágrima de rubi, e quedou-se parado, suspenso no ar, quando a boca rubra e macia lhe deu um beijo no rosto, um obrigada e se foi

Aquele dia e os seguintes ele sonhou. Via Maria por onde olhasse, com aquelas orelhas tilintando escorrendo as miçangas, rubi perdido nos cabelos; o sonho lhe deu asas e ele voou. Corcoveou no desejo por Maria menina, santa de andor, macia e nua; via Maria anjo, anjo Maria. Roçava os dedos na sua pele, as orelhas tilintando vermelhas, cascata de pecado e de fogo, fogo que lhe estorricava a vida, febre que lhe queimava as partes, fazia a língua grossa, pegajosa, Maria menina, lhe ardia inteira, cavalo branco escoiceando o corpo, boca de beijo, virgem santa, Santa Maria. No esvair da paixão, peitinho de tucumã, piar de passarinho, Maria batia asas, penugem morena entre as pernas, rios lhe saíam pela boca, dos cabelos girassóis, dentes brancos muito brancos mastigando a alma, tilintar de vermelho, gota de sangue na orelha.

Uma noite, em que a lua clareava tudo e o calor alagava os lençóis, Zé acordou com um sussurro, um gemido afogado. O que era aquilo no meio do mato, que bicho rondava no escuro. Lugar de destino pobre não costuma ter dessas coisas. Sem barulho levantou-se, algum vivente estava por perto; com o cabo da faca firme nos dedos, saiu e caminhou sorrateiro, investigando os arredores. Foi quando viu, embaixo da lua cheia como aparição de visagem, Maria e o amante, embolados; ela gemia, ele arfava, a menina luzia nua e branca, e o homem se derramava. Zé tiritou e ficou olhando, cabelos de girassóis, peitinho de tucumã, rios vazando da boca, gemidos de ai meu Deus. Saliva de beijo lambido, mãos peludas lhe escorregando o corpo, o mundo partido em dois, duas coxas abertas, fendidas, feridas, dentes brancos muito brancos sua Maria menina, Maria santa, Santa Maria. No debater do arrepio, ela virou a cabeça e Zé viu o vermelho, a miçanga tilintando na orelha, cachoeira de fogo e pecado.

Foi tudo muito depressa. A faca entrou macia nas costas desnudas do homem. E quando Maria entendeu seus olhos se arregalaram e a língua lhe grudou na boca. Zé, delicado e sem pressa, quase pedindo licença, lhe enfiou a faca entre os seios, peitinho de tucumã, cabelos de girassóis, abriu esguicho de vida, sangue e miçanga tremendo, gotinha tremeluzindo, espuma escorrendo entre as coxas.

Maria minha Maria, mistura de anjo menina, peitinho de tucumã, sangue brilhando no peito.

O JOGO

A chuvarada caiu repentina e a praça esvaziou depressa. Mas era daquelas chuvaradas que despencam sem mais nem menos; de repente o céu fica preto e ela desaba estrondando, sem conversa fiada, espanta desocupados, relampeja, ronca grosso e do mesmo jeito que chega vai. O povaréu correu, a roda embaixo do oiti grande dispersou-se. O alvoroço era geral. A chuva interrompera o jogo de dominó com o tal de Zé, e a coisa não podia ficar assim. O enxerido já tinha ganhado duas vezes contra duas do velho Antenor. Aquela era a negra, estava marcada de véspera, tinha expectador, torcida e tudo. Ufanavam-se por Antenor ser o campeão da praça e das redondezas, e de onde vinha aquele abestado a lhe fazer frente?

A notícia da negra correra de boca em boca, era assunto dos botequins, conversa de banca do mercado, das peixarias, de povaréu miúdo que levava a vida por lá. Até na igreja a notícia corria. As beatas tinham puxado um terço, diziam que o padre havia dado uma palavrinha com Deus e arrancado Dele uma promessa de proteção. Antenor era uma unanimidade. No puteiro ele também tinha sua torcida. Contava-se que Ermelinda, uma fulaninha nova e empertigada, tinha dito que era hora de o velho tomar um tranco. Foi só dizer e apanhar. Antenor era freqüentador antigo, dono de fã clube ali. Indignadas com aquela saúva que era chegante e metida a sabida, as mais velhas deram-lhe uma corrida e ela acabou por se encafuar no quarto, passando bem dois ou três dias ressabiada e sem meter o nariz para fora.

O homem tinha a cidade do seu lado.

Antenor morava com a filha. Viúvo, dona Arminda morreu cedo, mulher trabalhadeira e gentil, fora o primeiro e único amor do marido e o deixara inconsolável. Era sapateiro, e isso acabou por ficar fora de moda; serviço mesmo era raro, pois hoje em dia essa gente não conserta nada, joga fora, tempo de se querer tudo novo e luzindo, lugar de coisa velha é lixo. Dos bons tempos Antenor salvara a casa pequena, ainda fazia uns trocados que complementavam a aposentadoria miserável e permitiam ir tocando a vida como podia. Tinha uma saúde de ferro; alto e seco de carnes, um andar empertigado e ainda trazia os olhos amorosos, de longas pestanas que haviam seduzido Arminda. A filha única, Teresa, era viúva também; funcionária pública, não tinha filhos nem nada que a prendesse ou atrapalhasse. Vivia num apartamento pequeno de dois quartos, em cima de uma loja, na rua lateral da praça; era a pouca coisa que o marido havia lhe deixado, um mulato rixento que tanto armou nesta vida, acabando por morrer de faca nas costas em noite de bebedeira. Teresa chorou e esgoelou pelo finado, que afinal o homem era ruim, mas era dela; de cama lhe servia bem e com fartura. A mesa ela remediava com o dinheiro da repartição, mas na cama não tinha jeito, era feia e desengonçada; já fora um milagre ter achado marido, agora, depois de velha, com os peitos lhe servindo de avental, não era mais hora dessas alegrias. No tempo do marido vivo, ele costumava chegar pela madrugada, bêbado, subia a escada aos trambolhões, nem sabia direito onde se metia. Teresa aproveitava e se regalava de gozo. Com isso acabado e enterrado, ela precisava de alguém para aporrinhar e tratou de trazer o pai pra casa. Onde já se viu morar sozinho nessa idade, ela ali com quarto de sobra, o que não se iria falar? Falar se fazia sim, naquelas redondezas se falava o que se sabia e inventava o que não se sabia; diziam à boca pequena que Teresa estava cansada de esperar; na verdade queria mesmo era passar nos cobres a casa do pai, que com aquela saúde toda ameaçava chegar aos cem anos. Tanto ela falou e azucrinou que Antenor, meio sem jeito, acabou preferindo aceitar morar com a filha a agüentar o falatório dela. Arrumou os trens, despediu-se do cachorro vira-lata, companheiro das suas lidas, que cachorro era demais para Teresa, tenha dó pai. Dona Matilde, a mulher da quitanda, aceitou o bicho, andava precisada; e Antenor mudou-se de mala e cuia para o tal de apartamento. Mais que depressa Teresa vendeu a casa do velho, embolsou os cobres, está na poupança, pai, para uma hora de precisão.

Em pouco tempo Antenor arrependeu-se, que não era homem de gaiola. A filha começou a tutelá-lo, vomitar regra, era hora disso e hora daquilo, olha a sujeira na cozinha, roupa suja é no balaio, não deixa a luz acesa, pai, as coisas estão pela hora da morte. Tanto certo e errado que a cabeça dele zoava. Mas o caminho era sem volta; do dinheiro da casa não sabia nem a cor, a aposentadoria era mirrada e não era mais tempo de aventurança. Sorte dele que ela trabalhava o dia todo e ele ficava solto, livre da apoquentação.

Mal Teresa saía, o velho ia para baixo do oitizeiro grande; sua vida era lá, até a mesa de armar ele tinha arrumado, presente de um admirador. Dali imperava na praça. Era rei sem coroa, herói de pobre, não tinha pedrisco naquelas bandas que não soubesse que seu Antenor era o grande campeão de dominó. Era respeitado. Cantava de galo na roda de velhos, cada um tão mal arrumado na vida quanto ele, bando de mal paridos que nada mais tinham a fazer além de ficar ali ao sol, vigiando o mundo. Um dia brigavam entre si, era ciúme, outro dia, irmanados nessa desesperança de velho, acabavam por se abraçar; um sabia da agrura do outro, o que lhe doía na alma e chorava nos ossos. Seu Antenor era o ídolo, não perdia uma, era zástrás, o velho tinha cabeça, louvavam-lhe os bons olhos, a memória privilegiada, as mãos rápidas em colocar a pedra certa, o tino para acuar adversário. Quando algum desconhecido aparecia e se atrevia a desafiar o velho, eles se cutucavam, se juntavam em risinhos e olhares cúmplices, tangendo o desinfeliz para o oitizeiro grande e lá esperavam seu Antenor. Era uma sentada só. No silêncio, até voar de besouro se ouvia; o homem se concentrava, olhava firme para o desafiante e lia nele escrito na cara a pedra guardada, o segredo escondido. E não dava outra, em menos de dez minutos, coroado pelos aplausos da sua corte desdentada, ganhava a partida, sem lero nem meio-termo. Aí se ufanava! Era importante! Sob aplausos discutia as jogadas, levava palmadinhas nas costas, parabéns, impava de orgulho. Nessa hora ele crescia, virava gente, tinha nome e sobrenome, Antenor da Silva, se destacava, era grande, campeão. Naquele batalhão de desvalido ele era o rei; recolhia os louros e respingava sua importância em todos eles, que se sentiam como fossem reinventados.

    A alegria ia esparramando até se aproximar a hora de Teresa chegar em casa. Então Antenor arremetia para o apartamento, que estava cansado da cantilena se ela o encontrasse por ali. Onde já se viu um velho nessa idade passar o dia vadiando, metido com essa gentinha que não tem onde cair morta? Ele que se desse ao respeito que ela não estava ali para passar vergonha; dona Arminda se soubesse disso sentava na cova e haveria de sofrer e chorar, tinha sido uma mulher séria a vida toda e não estava agora para o marido se comportar assim. A praça era lugar de vadio, de gente amalucada que não tinha para onde ir e nem sabia de onde vinha. Um bando de sem eira nem beira, nada a fazer nesta vida. Pai dela não era para isso, ele que achasse serviço, limpasse alguma coisa, fosse passear na beira do rio, fizesse umas amizades decentes, a casa estava cheia de revista, a televisão, por que ele não se acomodava? Antenor ia diminuindo na cadeira até se transformar em pó de traque. Duas ou três vezes ela achou a caixa de dominó do pai e deu fim rapidinho. Ele nem suspirou, que sabia que ia ser pior; abaixava a cabeça calado, fechava-se como caramujo, que ela nunca ia entender mesmo. Sentavam-se no sofá e lá iam os dois, ela vendo as novelas, ele cabeceando de sono.

O tal de Zé surgira do nada, mulato bem fornido e atarracado; alguns diziam que era embarcado, não era daquelas bandas. Tinha um riso escancarado, onde luziam dois dentes de ouro, um jeito de sabe-tudo, falava alto, gesticulava. Logo que chegou, encostou a barriga no balcão do boteco e vangloriou-se, que era invencível, jogo de dominó era com ele, bateu no peito e cuspiu debochado quando lhe falaram de Antenor, que o velho não lhe dava nem para o cheiro. Foi discussão de mais de hora; os velhos ficaram ofendidos e despencaram o desafio.

A sorte estava lançada.

A primeira seu Antenor levou, era melhor de cinco. A segunda ele também levou, e cresceu. Na terceira a coisa começou a ficar feia; o tal Zé foi sorrateiro, naquela de quem não quer nada, e acabou por papar a partida. Foi um silêncio danado. Antenor sentiu um frio na barriga. Suspense geral. Na quarta ele viu a viola em caco. O abestado levou e levou ligeiro. O público ficou sem fala, o herói deles estava ameaçado. Mas era chegada a hora de Teresa, e a negra ficou para o dia seguinte. Zé ainda riu, fez pouco caso, achou que era covardia. Que se resolvesse tudo ali, de imediato, que história de dia seguinte era essa? Saiu arrotando grosso, mas enfim, era minoria.

Antenor foi para casa e aquela noite não dormiu. Sequer ouviu a cantilena da filha, que desfiava o rosário diário. Alheado, sentia-se a balançar. Parecia-lhe estar solto no ar, sem lastro, vôo cego, passarinho sem guarita. Foi para a cama, mas revia as jogadas na cabeça, pensava e pensava e tornava a pensar. Uma hora lhe pareceu ver o Zé, imenso, saindo da parede com a boca escancarada na risada do deboche. Antenor em calafrios amiudou-se. Na visagem a boca foi aumentando e de repente não havia mais Zé, só uma boca gigantesca, pantagruélica e vermelhaça, a língua tremelicando, os dentes de ouro luzindo e cuspindo as pedras do jogo uma atrás da outra. Elas iam despencando, voando pelo quarto, batendo nas paredes como se estivessem vivas, soterrando Antenor, lhe fazendo cova em vida, pedra e mais pedra, e Teresa vestida de roupa de circo saindo da bocarra, de chicote em punho, rindo tresloucada e repetindo a ladainha. Suando em bicas, Antenor viu o dia raiar e não tinha pregado o olho.

Nem bem o aguaceiro tomou outro rumo, a enxurrada escorreu pelos bueiros, o céu já de novo azul e o sol pipocando, os habitantes começaram a voltar. Foram se espalhando pelos cantos, cada um tinha seu espaço cativo. Para baixo do oiti grande seu Antenor veio arrastando a mesa de armar, um olho na sua torcida, o outro no adversário. O safado vinha achegando, com cara de desprezo, como se seu Antenor fosse titica para ele. Os olhos do velho ardiam, o coração pinoteava, as tripas davam nó. Sabia que era independência ou morte, via o olhar dos amigos, esperança e medo, tudo misturado, uma mixórdia de sentimentos. Acomodou-se na cadeira, olhou em volta devagar. Lá estavam todos. Dona Marlene da pensão, quem diria, até ela toda elegante, Seu Jeru tinha largado o balcão, a molecada do colégio, dona Dora, com o terço na mão, tinha até arrastado o padre com ela, que nessas horas vale tudo e o vigário era quase da família. Até as putas engrossavam a torcida. Foi aí que seu Antenor cresceu. Estufou o peito, pariu uma coragem que não tinha; ela veio espremida, mas veio. Que era velho ele sabia, mas velho não era lixo, nem carta fora do baralho. Havia de mostrar ao enxerido que ainda usava calças, que no império dele ninguém triscava. O tal de Zé sentiu o clima e tratou de parar de bazófia, percebeu que a coisa era feia. Um suspiro fundo veio rolando da platéia. Era chegada a hora.

Tudo aconteceu tão depressa que nem dá gosto de contar. Podia-se cortar o silêncio com faca de tão denso que ele era. Era um silêncio tão forte que, se passarinho voasse nele, ficava de asa quebrada; se duvidar muito, ali ninguém nem respirava.

Zás-trás, sem fricote seu Antenor foi papando; o Zé botava sua pedra, o velho matava em cima. Uma, duas, três, seu Antenor lapt... Quando se viu, tinha acabado. O povaréu nem acreditava, precisou de uns dois minutos para explodir em palmas, risos e faniquitos.

Carregaram o velho nas costas, igual jogador de bola. Mas aquilo era mais forte, era uma risadona de alma, uma lavada de honra, um botar prumo no mundo. Não havia ninguém ali que não se sentisse resgatado e vingado, fosse do que fosse, que nesta vida motivo de vingança não falta. Seu Jeru abriu o barracão do fundo do armazém, e o povo espalhou-se. Cerveja para comemorar era o que mais tinha, até uns bolinhos apareceram na hora. Brindes e mais brindes, seu Antenor, no lugar de honra, era paparicado; o padre do seu lado direito, e a dona do puteiro do outro. Do tal de Zé, nem cheiro, que o fulano escafedeu sem ninguém nem ver, e também não fazia falta. Foi quando Teresa chegou. Vinha vermelha e esbaforida; onde está aquele velho safado que ainda me mata do coração?

Seu Antenor viu a filha chegando e já abrindo a boca pra romper na cantilena. O velho ainda teve um titubeio; pelo rabo do olho percebeu que todos o olhavam. Foi então que se levantou impávido colosso, engrossou a voz e, antes de ela dizer um a, soltou um bravo e heróico brado retumbante:

– Teresa, foda-se.

PIABEIROS

Lá para cima, subindo o rio Negro além da Cabeça de Cachorro, onde o Judas perdeu as botas, já estavam chegando os piabeiros. Três barcos apinhados, e tinha homem de todo jeito, do façanhudo ao mais cheio de lero. Era gente perdida de família, endurecida no campear em fim de mundo, viviam de pesqueiro em pesqueiro faiscando peixinho miúdo, jóias do rio, trinados de Deus. Vicentão era o chefe e o mais famoso deles; piabeiro antigo, experiente, dos que entortam rio pelo avesso, enfrentam homem e fera, deste mundo e do outro, o que der e vier. Carregava uma dúzia de mortes e não tinha medo de nada; levava tudo no peito, no arranque, sem muitas falas ou explicações. Comigo não tem conversa, minha boca é a garrucha, e batia na cintura, rindo alto. Era temido e respeitado por aquelas bandas, dele se contavam histórias de arrepiar. Alto, espadaúdo, enfrentava homem e bicho com olhos frios, coração duro e mão certeira. Quando o capitão do posto mais próximo tentou segurar a invasão da homarada, Vicentão, armado com revólver e peixeira, vociferou que já havia despachado muito atrevido para o outro mundo e que poderia fazer o mesmo com qualquer um, que alma está nesta terra era para penar mesmo e ele até lhes dava descanso e fazia um favor. O capitão insistiu, a terra indígena estava reconhecida por lei, tinha papel e tudo, não se podia entrar assim sem mais nem menos. Havia que se respeitar as legalidades. Mas o outro respondeu que lei não manda, chora menos quem pode mais e que, se índio quer ir atrás de seus direitos, que vá buscar no inferno. Ele ia onde tinha peixe, ganhava a vida assim, correr não corria de nada e o capitão que não se metesse no que não tinha sido chamado. Ele, Vicentão, estava ali para tudo. O capitão, um garoto novo, babando leite e acreditando em miragem, encheu-se de brios e ainda tentou argumentar, mas pela catadura do valentão percebeu que aquilo era arrumar sarna para se coçar. Deu de ombros e foi cuidar da sua vida.

Se fossem outros tempos, os barcos teriam sido recebidos no tacape e na flecha; se existia uma coisa que a indiarada dos antigamente não temia era homem branco falando grosso. Mas outros como esses já tinham estado por ali muitas e muitas vezes desde há muitos e muitos anos. Ora fantasiados de indianistas, ora de evangelizadores, ora de homens do governo, meteram doença e pecado na cabeça daquela gente, sempre levando vantagem, espoliando e destruindo. Foram lhes tirando tudo, lhes alterando a vida, lhes sugando a alegria, a força, a pujança. Exploraram e escravizaram os que puderam e mataram os que não puderam. A aldeia, como tantas outras, minguara. Uns morreram de doenças, outros de morte matada. Outros ainda, mais jovens, meteram-se rio abaixo, acabando por perambular na miséria das cidades, procurando nem eles bem sabiam o quê. Tacape, azagaia e flecha eram coisa que não existia mais, nem histórias na maloca grande, nem curumim gritador. Tupã descorçoou e desistiu, agora era uma meia dúzia de tapera, nem isso, à beira d'água, assentada no barranco, cada uma se equilibrando como podia cada vez que o rio suspirava. Os índios tinham sua roça, uma ou outra cotia; tatu por aquelas bandas não faltava. E peixe o Negro dava, que disso nunca houve miséria, o rio é farto e alimenta seus filhos. Mas era tudo. A vida ia correndo e o porquê dela já estava esquecido e de há muito. Aquilo era despojo, resto de conquista, sobra melancólica da História.

Seu Karaó resmungou que moço não era mais, a vista começava a lhe faltar, os ossos viviam reclamando. Morava no barranco desde que nascera, pai e mãe expulsos de outras aldeias, quase se acostumara com os brancos. Do tempo que a aldeia ainda era grande ele mal se lembrava. Já tinha enterrado três mulheres e hoje estava muito bem casado com duas, a velha Xipó, hábito antigo e arraigado, e a menina Araí, toda mel e delicadeza, que lhe acalentava a rede e desafogava o peito. Filhos tivera muitos; uns o rio levou, outros quem levou foi aventura; embrenharam-se no mundo e deles nunca mais se soube.

– Isso não vai dar certo – murmurava enquanto farinhava sozinho.

Os homens foram chegando, aportando os barcos, que o pesqueiro era ali mesmo e para a lida não se precisava esforço. Era só mergulhar a rede e ela vinha faiscando de peixinho de toda cor, luzindo igual raio no céu, pirilampo de rio, faísca de sol. Enchiam os aquários e em seguida o caminho era a terra de gringo para criança loura se deslumbrar e pensar que o mundo era cor-de-rosa, sem nunca nem imaginar de que miséria aquilo tinha vindo.

Antes de a aldeia reclamar, eles distribuíram pinga, um pouco de fumo, a festa correu solta, muita risada e falatório; não teve índia que sobrasse sozinha. As poucas que existiam por ali foram disputadas a tapas, velha ou moça, sob olhos mormaçados e opacos dos homens da aldeia. Nessa vida a coisa se repete tanto, que chega uma hora em que a gente quase não vê e se vê melhor fingir que não vê, porque aí nem nossa vergonha se salva mais. Eles tinham aprendido a lição a ferro e fogo, e a pinga, o branco era sabido, a pinga adormece a miséria, atordoa a dignidade, bota mordaça em grito. Vicentão, quando viu Araí, toda mel e delicadeza, pregou o desejo nela, foi se achegando matreiro, mas o velho Karaó não estava para conversa fiada. Amarrou a cara e recolheu a mulher, fechou a porta e ai dela se arriscasse olho.

Os homens se espalharam por ali, o rio lhes dando o que queriam, era peixinho para gringo nenhum botar defeito. Nesse vai-e-vem passou o tempo, o velho trancando a moça e Vicentão cercando o velho. Primeiro tinha sido a pinga, que foi tiro n'água, o velho não bebia. Depois ele tentou uns presentes, uma faca afiada, um chapéu de couro. Nada feito. Karaó cuspia de lado, nem olhava os presentes, fazia pouco e deixava o grandalhão falando sozinho. Aquilo foi fervendo o sangue do homem, o desejo lhe subindo pelas pernas, a índia lhe escapando, quem esse índio velho pensa que é?

Araí viera bater na aldeia, ninguém nem mais se lembrava quando, saindo do meio do mato, curuminha assustada, de pai e mãe não guardava memória, o pouco que se lembrava era da fome e do medo de andar sem rumo. A velha Xipó condoera-se; sentia falta de filha e aquela lhe caía do céu; a solidão era grande e onde vivem dois vivem três. Abrigou a menina, lhe ensinou as artes da vida, criou com mimo e carinho e, quando ela cresceu e ganhou corpo, lhe mostrou como agradar o marido e meteu a curuminha na rede do velho. Melhor em casa, embaixo dos seus olhos meio cegos, do que se espalhando pelo mato e embuchando de Boto. E Araí, toda mel e delicadeza, acabou por aprender o ensinado e mais um pouco. Depois de um tempo era a luz da velhice de Karaó, lhe adoçava a vida e lhe fazia a alma rugir, coisa que ele andava meio esquecido.

Do mundo ela só sabia da existência dele, além da curva do rio. Quando por ali aportava algum passante, os olhos de Araí estalavam ao ouvir as histórias. Às vezes perdia-se no mistério, o que haveria depois, lá bem longe descendo as águas escuras, quem sabe uma coisa brilhante, um mundo novo, com mais riso e onde ela pudesse abrir as asas e voar. Mas destino é destino, ela tinha dentro de si a sina traçada, trancava o sonho na cabeça e tocava a vida.

Vicentão encalacrou na idéia, que os barcos já estavam enchendo e não faltava muito para partirem. Queria a menina para si, que aquele velho não merecia, já estava quase de viagem marcada para o outro mundo. Começou a fechar o cerco, era solicitude e gentileza.

Araí, toda mel e delicadeza, bem que estava gostando. Quando menos se esperava, lhe estalou a cabeça e ela deu para pensar. E de pensamento em pensamento foi achando que podia ser sua hora de tentar a aventurança. Mulher ela era, e das boas, e mulher percebe quando está agradando. Ela via as manobras de Vicentão, e isso a desvanecia. Se Karaó distraía, dava um jeito de aparecer; um dia se atrasava na roça, no outro era a roupa que tinha que ser lavada no rio. Vicentão, que não era bobo nem nada, foi percebendo e cevando a caça. Até que chegou a hora que Araí estava no ponto, foi só estender a mão e colher, a fruta lhe caiu madura e doce. Então se juntaram as fomes, a dela de sair para o mundo, a dele de lhe lambuzar o corpo. Planos fizeram sim, mais dia menos dia os homens tinham que ir embora, a vida corria lá longe. Vicentão não economizava promessa, contava mirabolâncias e o olho de Araí cada vez mais se arregalava. Mas ainda a menina tinha seus pruridos. Gostava dos velhos lá à sua maneira. Tinha que resolver aquilo; não queria perder o branco, passaporte para outra vida melhor que aquela, mas também não queria magoar Xipó, tinha sido mãe na hora da apertura, e ela era agradecida. E depois que aprendeu a pensar não parou mais. Matutava e matutava, mas não se decidia. De homem só tinha conhecido o velho, moço por ali era raridade. Gostou do vigor de Vicentão que lhe arrepiava as carnes como ela nem sabia que podiam ser arrepiadas.

Nas noites em que Karaó ressonava e a velha surda caía na modorra, ela se esgueirava maloca afora e ia espojar-se aberta e nua, aos beijos da lua cheia e à boca de Vicentão. A menina foi entranhando no corpo dele, empurrando sem medo os pecados, e quando o homem percebeu ela estava já sentada e bem alojada dentro de sua cabeça, tomando conta dos desejos e das suas vontades. Fazia tempo que isso não acontecia. Mulher ele sempre tinha tido aos montes e nunca uma delas havia se espraiado tanto, se enfiado pelas frinchas da sua pele; hoje não era só mais o corpo, o peitinho macio, era Araí, cunhã menina, Araí, toda mel e delicadeza, que ele queria engolir e se enrolar nos cabelos dela, sentir os dedos frescos lhe escorregando nos olhos. Quando se deu conta, estava enredado, gavião preso no visgo, coleando como cobra, Vicentão, o homem livre, sem medo e sem âncora em lugar nenhum. Se a escolha fosse dele, ambos se metiam pelo rio, procurando pouso em outras bandas, e os velhos que se danassem. Ela era dele por gosto e escolha e o mundo era pequeno para o tamanho do seu bem-querer.

A coisa estava empacada nessa situação. Os pescadores, já irritados, que era hora de descer o rio, a saudade da cidade engulhando e Vicentão não se decidia. A cada dia ele arrumava uma história diferente, engrupia a turma, segurava a partida. Enquanto isso, apertava Araí, que se afogava em pranto, sem coragem de seguir o destino, sem coragem de dar adeus ao amante. Aquele facínora destemido e duro, que se dizia sem coração e sem tenência, acabava por se enternecer, virava carneirinho de pêlo macio e boca que não punha defeito.

Naquela tarde um dos homens lhe deu o ultimato. Que dia seguinte iriam embora, tinha peixe já morrendo, não iam esperar mais. Vicentão abaixou a cabeça, coisa que não combinava com ele, e concordou. O que estava resolvido, resolvido estava, amanhã desceriam o rio.

À noite os homens se espalharam nas despedidas, muita pinga, luz de fogueira, a festa desenfreada. Karaó trancou a casa e suas mulheres, se meteu na rede tentando dormir. Araí, aflita, esperando que os velhos adormecessem para correr ao encontro de Vicentão. Lá pelas tantas, estavam todos bêbados, faltava índia e sobrava homem, era uma disputa danada. Vicentão agoniava que a menina não saía, não lhe sinalizava o caminho desimpedido. Hoje ela tinha que se resolver, o tempo já tinha escorrido e não havia mais como negacear. Sem ela ele não ia, que tinha o coração flechado, não era mais dono de si, sua vida estava trançada junto com a dela.

De repente, espoca um bate-boca; um é minha, eu vi primeiro, a coisa esquenta, vira troca de soco e sem mais nem menos um dos homens, cambaleando e metido na briga, tira o revólver da cinta e mete meia dúzia de tiro a esmo.

Um gemido e um silêncio.

No meio da surpresa geral, o gemido repica, rasga o pasmado, esfaqueia a noite. Vem do terreno nos fundos da maloca de Karaó. Vicentão sente um relâmpago na cabeça, um estourar de trovão, um tremelique nas pernas que lhe acompanha o entendimento. Corre alucinado, tropeça, dispara, vai na busca do ai, da premonição, da desgraça. Estaca ao deparar com Araí, toda mel e delicadeza, caída em touceira de mato, com o sangue borbotando no peito e o adeus tremendo nos olhos. Ali ele cai de pronto, ferido de raio, babando de susto, as mãos se lambuzando de vermelho, o coração explodindo de dor.

Seu Karaó acode à porta. Xipó tenta correr para a menina, mas, a um safanão do velho, recua, ajoelha e lamenta. Sem palavras, com o rosto espelhando centenas e centenas de anos de dor e resignação, o velho olha a cena impassível. Vicentão levanta a cabeça, congestionado de sofrimento e fúria, e encontra o olhar do velho.

Não há o que dizer.

A PRAÇA

*A praça é do povo
Como o céu é do condor
É o antro onde a liberdade
Cria águas em seu calor
Senhor! pois quereis a prece?
Desgraçada a populaça
Só tem a rua de seu
Ninguém nos roube os castelos
Tendes palácios tão belos
Deixai a terra ao Anteu.*

Castro Alves

Era uma praça daquelas abandonadas, que já viveram melhores tempos; bancos ainda antigos, doados pelo comércio local, traziam dizeres que contavam a história da cidade. Os canteiros de há muito que não viam um trato mantinham-se com umas touceiras esparsas, graças a uma meia dúzia de moradores; sobreviviam árvores enormes, que dessas a natureza se encarregava; o calçamento, com uns buracos mal remendados, conserto de amador com boa vontade, um aparato no centro, que antigamente fora uma fonte e era então um alagado, berço de cascudos e bagres. Ficava no bairro do mercado, existia desde que o mundo era mundo. Fora inaugurada com fanfarra e discurso de autoridade, era lugar de palacete, mas a cidade cresceu, os grã-finos mudaram de freguesia e autoridade vai atrás de gente graúda, que não está nesse mundo para perder tempo com desvalidos. Ficaram os casarões assobradados; uns viraram lojas, outros botequins, outros pensões, outros ainda acabaram subdivididos e para ali se mudou uma arraia miúda que trabalhava no porto, funcionários públicos, donos de bancas no mercado, algumas mulheres da vida, gente simples que acorda cedo e pega no serviço pesado pelas redondezas.

A praça vivia cheia. Era camelô de chinelo de dedo e sem dente na boca, um bando de velhos aposentados, rixentos e mal paridos, na disputa do dominó embaixo do oitizeiro grande, moleque zanzando e vendendo cocada, mulher procurando freguês, outras empurrando carrinho de bebê, enquanto trocavam as notícias, menino gazeteando aula e jogando abafa, tinha de um tudo nesta vida. Mas todo o mundo se conhecia e convivia bem. Dona de casa com puta, vigário com bicheiro, o turco da loja de armarinho com o judeu da casa de linhas. Respeitavam-se, davam-se bom dia e boa tarde, que se a vida é dura as quizumbas desaparecem.

A coisa ia assim nesse reme-reme, um dia igual ao outro, até aquela manhã em que apareceram uns caminhões da prefeitura. Vinha todo um aparato, era motoserra e homem enxameando na praça igual abelha. Os comerciantes mais progressistas exultaram. Enfim, ordem e progresso! Ia ser tudo calçado, os bancos reduzidos pela metade, mais modernos, que aquela bancaria toda só servia para juntar desocupado, e canteiro só para juntar sujeira. Surgiu do nada um bando de engenheiros jovens e cabeludos, cheio de sabedorias, e exibiram as idéias em uma papelama de desenho. A população do bairro ia ser premiada, o desenvolvimento, a tecnologia chegava até ali. Iam reformar tudo, dar uma praça nova ao povo. Aqueles oitizeiros enormes eram um descalabro. As modernidades exigiam que eles viessem abaixo e no seu lugar viriam umas árvores importadas lá do Sul Maravilha, coisa elegante e sofisticada. Nada daquelas calçadas antigas malfeitas, e canteiros pra quê? Seria tudo coberto de uma pedra bonita, de Minas, que quem gostava de mato era índio. Era de ficar de boca aberta. Tinha até um monumento central substituindo o berçário de pernilongos, coisa fina, um monólito de cimento com um Boto enorme lá em cima cuspindo água. No começo a população ficou arredia, só de olho, mas seu Jeru, da venda, chamou o filho, moço estudado, advogado que morava lá na parte chique da cidade, para ver a maparia. Reuniram-se nos fundos da loja; quem soube foi entrando, até que não cabia mais ninguém. Suspense geral, e o moço olhando daqui e dali, destrinchando garrancho. Aí ele explicou a história. Foi uma gritaria geral. O povo das redondezas era gente simples, sem muitas iluminuras, mas burro não era não. E a praça era deles, isso ninguém tascava. Praça tem que ter cara de praça, o oitizal era deles, velho igual, e velho a gente respeita. Não vai botando abaixo por dá lá aquela palha. Dona Dora até contou que namorou embaixo daquelas árvores, isso uns cinqüenta anos atrás, onde já se viu boto cuspindo água, que boto não se dá a esses luxos. Seu Antenor disse da rosa roubada do canteiro da esquina, roubada para conquistar seu primeiro amor. Canteiro é coisa sagrada, coisa de florir a vida, e meter cimento em cima era crime. Até as putas que viviam por ali deram para chiar, que os bancos eram da freguesia, como ganhar a vida nesse mundão de Deus? Eram a sala de espera delas e disso não abriam mão. A molecada, curumim de tudo que é idade, fazia coro no griteiro, bulia, ajudava a confusão, até o filho do seu Jeru, acertando os óculos na cara, perder a paciência e resolver pôr ordem na barafunda. Vai daqui e dali, acalmou o povaréu, neste país a coisa não é mais assim não, a gente tem que se manifestar, mas com ordem e juízo. Está certo que a praça seja arrumada, mas arrumada nos conformes, do nosso jeito, que praça é praça, e essa é nossa. Até o padre da igrejinha do bairro fechou os olhos para as putas e meteu-se no falatório. Deus é pai, não é padrasto, o doutor tem toda razão. Fizeram petição para o juiz, meteram papel bem escrito explicando a história toda, na esperança que o bom senso do mundo falasse mais alto e acordasse autoridade.

    O doutor foi e voltou com o documento, a ordem era parar tudo e vamos discutir. Os caminhões se recolheram e a população ficou de olho. Uns dois meses se passaram e ninguém teve notícias dos homens, e uma bela manhã lá estava tudo de volta, que mundo não tem bom senso e autoridade é tudo meio surda. Os caminhões com estardalhaço, a motosserra chegou zunindo.

    Foi o que bastou. O povo acordou esbaforido e meteu-se praça adentro na correria. Era velho de pijama, ainda estremunhando, dona de casa com mãos esfarinhadas, as putas de olho fundo, que a noite tinha sido movimentada, marinheiro de passagem, moleque saltitando que escapava da escola, um ou outro bêbado tresnoitado, camelô já nervoso, onde isso vai parar, chefe de família pego de surpresa no ponto de ônibus, e até o padre, depois de pendurar-se no sino e repicar a urgência, tangeu o batalhão de beatas para a praça. O povo foi chegando sem pedir licença, foi rodeando caminhão, com cara de enfezado. Em volta das árvores os velhos se deram as mãos, as putas ocuparam os bancos e seu Antenor plantou-se no alagado, encharcando o chinelo, mas de peito estufado. O filho do seu Jeru, chamado às pressas, chegou espaventado, apareceu um caixote, o doutor subiu e derramou palavreado empolgado, povo unido jamais será vencido, a praça é do povo como o céu é do condor, e por aí vai. A meninada do colégio da esquina correu para aplaudir, rodeou a motosserra, um dois três, quatro cinco mil, manda esse caminhão para a puta que pariu. A diretora chamou as professoras para fazerem coro, que puta que pariu era pouco para aquela gente.

A molecada delirava não acreditando no que via. O homem da motosserra ficou furioso, que estava ali para fazer seu trabalho e aquela molecada não tinha respeito. Seu Jeru, que beirava explodir de orgulho ao ver o filho empoleirado no caixote, descabelado e com os óculos despencando do nariz, fazendo discurso e recebendo palmas, não fez por menos. Ligou para o rádio e a TV. Foi a conta. Estava armado o pampeiro. Apareceu carro de reportagem, a praça estava que não cabia de gente, veio curioso das redondezas, apareceu pipoqueiro e vendedor de algodão doce, um camelô mais esperto tratou de armar sua barraca, e em meia hora vendeu mais quinquilharias que no ano todo. E o discurso rolava solto no caixote. TV filmando e pedindo entrevista, apareceram os pais da idéia, neste país cada um faz o que quer, oitizeiro está aqui desde que o mundo é mundo, puta também é gente, a praça é nossa e ninguém tasca. Os homens dos caminhões de há muito que tinham escafedido, que não eram bestas nem nada, e no fim das contas eram povo também e nessa briga não iam se meter, ganhavam pouco, mal dava para o leite das crianças, só ficou uma meia dúzia e o homem da motosserra, e esse estava tiririca da vida.

Era quase meio-dia e a coisa toda ainda estava armada. Já tinha aparecido reportagem na TV, autoridade se explicando, que não seja por isso, que se faça uma comissão, estamos aqui para ouvir o povo, a voz do povo é a voz de Deus. Entrevistaram dona Dora, que aproveitou e contou a vida, Seu Antenor falou da falta d'água, que reportagem na TV é uma vez só e olhe lá e a gente tem que aproveitar. A rádio anunciou a rebelião do povo, o filho do seu Jeru falou bonito, chacoalhou a cabelama, incorporou Castro Alves. O sol a pino escaldava, o calor derretia miolos, mas o povo não arredava pé. De repente um corre-corre, abre alas, sai da frente, seu Jeru, no auge da empolgação virou os olhos e estatelou-se na calçada. Nessa hora o povaréu desnorteou. Ele ainda babava e gemia, o filho debruçou-se e com carinho infinito carregou o pai para o barracão dos fundos da loja. A vizinhança entrou atrás, entupiu tudo, o doutor gritava por um médico, a molecada calou-se, as putas começaram a chorar, dona Dora ligou para o Pronto Socorro e o padre veio às pressas, que candidato a defunto era com ele mesmo.

Nesse meio tempo, em que todo o mundo concentrou-se no velho, o homem da motosserra cuspiu de lado, que aquela gente precisava de uma lição, não era homem de desfrutes e os xingamentos da molecada zumbiam em seus ouvidos. Sem pensar duas vezes, ligou a máquina e começou a rasgar sem dó a carne do oitizeiro. A árvore nem gemeu.

Quando a tarde findou, a noite começou a chegar e dar paz ao mundo, na casa do seu Jeru se velava o defunto. No meio da praça, sentado em cima da galharia do oiti decepado, seu Antenor chorava.

Posfácio
"TUDO É O RIO"

Com estas palavras da introdução é possível resumir as histórias que Vera do Val tece ao longo do seu livro. Tudo é o Negro, macho fertilizador, de onde nasce a floresta, com suas árvores e frutos, os personagens que dele vivem e os encantados que habitam suas funduras. A autora, paulista radicada na Amazônia, mergulha nele para extrair os homens e mulheres, as curuminhas e os velhos, a sensualidade e a pobreza. E como em suas águas escuras e misteriosas "não se sabe onde começa o sonho e acaba o mundo". Tudo é o rio e cada um dos seus personagens está entranhado na vida ribeirinha.

Para contá-las, a autora usa uma linguagem própria, captada da fala amazônica, sem com ela se misturar.

Em crônica dos anos 40, Drummond escrevia: "A gíria não é uma nova língua, mas o capricho do povo em face da língua." Os contos do rio Negro trazem esse capricho diante da língua, esse tomar liberdade com ela, mantendo-se fiel ao espírito da fala brasileira. Citando outro grande poeta, Bandeira: "a língua errada do povo, a língua certa do povo". Usando expressões regionais da Amazônia e outras emprestadas de sua vivência no interior de São Paulo, onde nasceu, Vera cria, à maneira de Rosa com as Gerais e de Amado com a fala baiana, uma voz que soa regional sendo nova e, na verdade, brasileira em sua totalidade. Remetendo outra vez às palavras do poeta de Itabira: "De resto, nossa boa prosa contemporânea é aquela que, sem ofender a essência do idioma, se mostra capaz de enriquecê-lo e orná-lo." Eis uma descrição perfeita do que Vera conseguiu em suas histórias.

E nelas vai tecendo vidas especiais e comuns, encantadas e cotidianas. Mas os principais personagens da autora são o Negro e as mulheres. São as caboclas amazônicas, que compõem o pano de fundo, o palco e a coxia, onde todos se amam, odeiam, traem e matam.

Em Rosalva, conto que abre o livro, conhecemos a perfumada amante do rio; em Das Dores, o amor de perdição; em Alzerinda, a vizinha seca que recebeu sobras; em Janete, tornada Giselle na vida, a cabocla de mãe esperta que fisgou seu homem casado e rico; em Dorvalice, a esposa beata desprezada, tapeceira da solidão, aborrecedora até de santo. Socorro que perdeu o filho para as águas do mundo e Rosário que perdeu a vida na procissão. Teresa que viveu de esperar o amor e Irerê que viveu na plenitude de dois maridos apaixonados, curuminha transformada em madame. Dagmar, a das calcinhas, Ifigênia, a falsa beata. Todas elas são o futuro de meninas ribeirinhas como Suélem, perdidas por um sorvete ou um brinco de miçanga.

Mas nenhuma tão representativa da dicotomia entre a tradição e o progresso na região como a história de Luzilene, em que a oposição cunhã, um termo regional, com Brad Pitt, símbolo do cinema americano, é emblemática. A jovem moradora de um flutuante, após uma primeira ida ao cinema, apaixona-se pelo ator e faz dele seu objeto de desejo e fuga do cotidiano opressor. Brad é, ao mesmo tempo, a realidade do sonho impossível de fugir e o amor idealizado das adolescentes. Até se tornar uma obsessão tão forte que leva ao descolamento da realidade, ao arder no imaginário e no real em que a natureza e a menina se agigantam – uma na cheia poderosa do rio Negro, na tempestade terrível; outra na exaltação dos sentidos. Belíssima cena conjugando duas forças: a da tormenta e a do cio adolescente.

Não que os personagens masculinos tenham sido esquecidos. O fetichista Ernesto das calcinhas, o cinzento Josué, o taciturno Dorival que se apaixona pela gameleira ou o obsessivo Zé, de Brinco de Miçanga, são figuras inesquecíveis. Assim como seu Antenor, o resistente, última imagem do livro, representante da Amazônia estuprada pelo progresso sem controle.

Misturando tragédia brava e humor (a conversa de Dorvalice com a imagem em Vida de Santo é uma obra-prima de malícia brasileira), Vera vai entrelaçando personagens que saem da sombra em um conto para as luzes do foco em outro. São histórias com tempero regional, mas com emoção universal. Histórias que retratam um Brasil pouco conhecido e, ao mesmo tempo, tão nosso. Através do seu olhar crítico e cúmplice, estes figurantes do grande drama encenado ao longo do rio se transformam em nossa própria janela debruçada sobre as águas.

Águas da paixão, da exploração e do medo. Águas da imensidão de vida perdida ou encontrada. Águas de olhos que se tornaram cegos pela miséria algumas vezes, outras maliciosos, outras ainda perdidos na fantasia ou na religiosidade ou na morte, águas de libidinagem e sensualidade, mas sempre profundamente brasileiras e universais.

Resistindo a um progresso destruidor da floresta e mantendo com o Negro um verdadeiro amor de boto – o jovem de risada solta por quem se perderam Dorvalices e Rosalvas, curuminhas e beatas, Rodamundos e Antenores.

Tudo é o rio, de onde Vera do Val traz cada um dos personagens de seu drama, homens e mulheres comuns tornados especiais justamente porque, como o humilde funcionário Akaki Akakievitch (*O capote*, de Gogol), foi lançado sobre eles a luz de um olhar denunciador.

Maria Helena Cordeiro de Souza Bandeira

ÍNDICE

Introdução   7

Rosalva   11

Das Dores   17

Alzerinda   27

Giselle   33

Vida de santo   39

Dorvalice   43

Águas   51

Rodamundo   55

Rosário   61

Tocaia	65
Curuminha	69
A gameleira	71
Velho Nabor	77
Irerê	85
Caipora	95
Joca	97
As calcinhas da Dagmar	101
A cunhã que amava Brad Pitt	107
Ifigênia	115
As meninas	121
Josué	127
Cantilena	137
Brinco de miçanga	139
O jogo	145
Piabeiros	155
A praça	165
Posfácio	173

Impresso na Gráfica da **AVE MARIA**